廢河遺誌

推薦序

歷史的幽微寄於河流的滄桑

蔡素芬

以河流追憶歷史，構築一個史實與虛構疊合的情境，重組歷史印象，也崩解歷史的嚴肅性，變換認知姿態，楊慎絢以三篇相串連的小說組織《廢河遺誌》，以河為引，重回荷據時代以來的台灣歷史幽微。

楊慎絢不是正經八百去追述荷據以來在台灣這塊土地上交滙的各民族所譜成的千瘡百孔殖民史，而是採取一個詼諧又不失莊重的角度，反映多種民族履展台灣的事實，反映了台灣雖孤島，卻如珍珠吸納覬覦其天然資源的眼光，小島亦有其存在的風華。

故事起於回溯十七世紀荷蘭統治台灣的時代，在荷蘭阿姆斯特丹與台北兩地交錯陳述事件，荷蘭的部分起於畫家林布蘭，作者有意以林布蘭所處的時代即是荷蘭勢力及於東方、大擴版圖的時代，他以林布蘭由盛名到晚年處境，暗喻荷蘭勢力趨於衰敗。林布蘭雖在畫壇曾經風光，因不擅理財，晚年以拍賣畫作度日，在同個時期，荷蘭傳道士麥修斯到台灣宣傳基督教，探勘地理，試圖理解原住民部落的生活，在河流的上游尋找金沙踪跡。在麥修斯傳道與尋金、描繪地理水文的過程中，台灣歷經西班牙和荷蘭統治殖民的輪廓隱現，大明延平王鄭成功揮軍入台的身影也浮現，這章起於一六五三年，結束於一六六二 年的〈雙城浮影〉，正交代了麥修斯入台前後及離台時的筆記觀察，荷蘭在一六六二年降於鄭成功，麥修斯也離台遠去。文末麥修斯交代部落少年，要保存教堂裡的文字，那是通往西方知識的一扇門。鄭成功帶領的明軍攻抵淡水圓堡時，部落長老鎮定抵制壓在胸骨的矛刺說，「洞壁的文字，不是西班牙文，也不是荷蘭文……」「……是語族的文字。」輕短幾句話，道盡在這塊島嶼上，先後有西班牙、荷蘭文字留下統治餘跡，但原住民的語族文字才是島嶼的主人，那麼揮軍而來的大明軍隊攻下台灣後實行漢化，漢化的文字如那抵住長老的矛刺，箝固了語族的文字。這才是作者暗藏於文字表面的省思，歷史的詭譎在弱肉強食，沒有一個現象或主張可以永世存在。

而阿姆斯特丹的林布蘭，在一六六一年拒絕修改市政局退回的畫作，畫作上率眾抵抗羅馬人的古荷蘭英雄左眼瞎了。文末也諷刺市政局的審查官眼瞎無視林布蘭的視力老化。講的無非荷蘭勢力的沒落與官僚的淺薄。作者藉林布蘭以諷荷蘭，也藉鄭成功的入台遠弔歷史風雲的詭譎。

到了第二章〈福爾摩斯．基隆河尋金〉，我們看到作者的幽默，承續第一章的時間軸，發生於一八九〇年的福爾摩斯探案，帶來聲光俱佳，深具舞台戲劇效果的辨案奇遇。

作者安排英國偵探小說家柯南．道爾創造的偵探人物福爾摩斯為了尋找淘金圖，以協尋一八八四年遠東戰爭（中法戰爭）時失蹤的法國士兵的名義，與助理華生到達台灣，還和當時正努力經營醫院醫治病患的馬偕醫生相遇，而且馬偕年輕時離開加拿大到愛丁堡求學時，福爾摩斯就見過他了，他們在台灣可算是舊識重逢。福爾摩斯所要尋找的鹿皮地圖在馬偕家，根據福爾摩斯的推論，這張具有寶藏標示作用的地圖是「西班牙人的寶藏，畫在荷蘭人的地圖」，為西班牙與荷蘭爭相統治台灣做了個揶揄，而這地圖經法國受傷軍人德雷弗斯之手暗藏在馬偕家的地板，作者重組了也揉合了歷史關鍵時刻和影響台灣的人物及虛構的小說人物，使回溯歷史的軌道崎嶇遶遠，沿途卻又妙趣橫生。目的在訴說台灣曾經有不同國家的人來到此地，它的歷史是這樣坎坷，歷不同種族的統治而到了今日，灰飛煙滅間，是否以詼諧笑談古今呢？但詼諧間卻又寄寓深刻的反思。

小說在這裡補述了第一章中西班牙和荷蘭人在台灣角力的勢力範圍，也為馬偕為台灣的奉獻透過福爾摩斯之口訴說一遍。追溯歷史之舉，作者以基隆河的身世委婉述說。在荷據初期，荷蘭占有台灣南部，西班牙占有北部，西班牙在基隆河口建立聖薩爾瓦多堡，在淡水河口建立聖多明哥堡（紅毛城），兩城之間的往來，水運就靠淡水河連接基隆河，這條稱為內河的水道在龍峒山做了個大轉彎，向東逶迤至基隆，龍峒山即為今日圓山，山下深潭為劍潭，山的西側兩河交會，山嶺陡斜的洞穴暗藏玄機，福爾摩斯和華生搭舢舨做內河之旅，在山洞處發現西班牙人在那裡立碑刻字，宣誓領有島嶼主權。舢舨繼續向東，翻過暖暖，來到基隆，見聖薩爾瓦多堡山頭的木舟，傳教士以講述諾亞方舟的故事，引起洪水將臨的傳言，這裡將方舟的故事引道而出，不無預示洪水雖臨，人們終可免於難，因為有木舟救世的象徵。果然第二章的結尾處，在殖民者商人與研究者枉顧人命，以炸瀑布取得水流沖刷樟木滾落和取得金箔裝飾的骷髏的意圖下，金沙產地的瀑布山端被炸，洪水滾滾向下游流沖，也沖出一艘巨型木舟，停於河床的中央巨石。

木舟船頭插著荷蘭人的寶劍，劍把上刻著年代一六四四年，那麼在洪水沖舟的一八九〇年，台灣已歸屬清朝統治，這看似象徵了台灣無法脫擺被荷蘭人統治了三十八年的史實，這段歷史也將是台灣的救贖？因為在這段荷據期間，台灣不被明朝視為領土，是明朝官員建議荷蘭人退出澎湖轉往台灣據為腹地，這證明在西班牙和荷蘭入台前，台灣真正是化外之地，獨立的海上仙洲。歷史風雲，暗藏伏流，楊慎絢以歷史片斷拼貼成一幅溯河尋金圖，卻機關處處，山迴水轉，意隱於妙趣的文字圖象之下。

詭異的是，到了第三章〈廢河遺誌〉，建築工地挖出骨骸和疑似木舟的中央挖空的巨大樹幹。舊河道已被沙土掩埋，鬆軟的土質禁不起雨水，在大雨來襲時，屋斜地陷，現代時空與舊時歷史交疊，是向曾存在的部落文化致意，也彷彿緬懷歷史一路走來的跌跌撞撞。在水沒屋房之際，廟公老蒲撐著舊時木舟救人，複製了洪水來臨，搭乘方舟逃生保命的橋段。歷史洪流下，人命微薄，但總有個逃生的出處。

隱喻的作品不好寫，楊慎絢別出心裁，請出福爾摩斯加入觀察揭謎的隊伍，試圖以偵探的方式從河流的交通功能和隱含的寶礦來書寫島嶼的命運。而十七世紀的地名常為現在所不易瞭解，甚至多位研究者也會對地名的確實方位做出不同的解釋，加以事件繁多，如何抽絲剝繭，取其精而能貫其脈，相當考驗寫作者的功力。楊慎絢努力以不同於傳統詮釋的角度，另闢一個節奏跳動明快的語境，讓我們陷入其中，跟著基隆河河道的變迭，以輕鬆的態度看到了歷史的幽微和說不盡的滄桑。

目錄

序曲

圓山思索

也許你曾嘗試像閱讀阿姆斯特丹或佛羅倫斯一般展讀台北，你設定最理想的觀測地點就在圓山。山麓那座都鐸式的建築就是基隆河的左岸咖啡館，你站在貝塚與動物園舊址相疊的山丘俯望台北盆地，仿若登臨神殿的廢墟攬視雅典城，或者千年前的圓山與溫哥華同是潮汐夾擊的山岬，而你平日行走的彎曲街巷就是百年前的水道，然後驚覺這個城市與威尼斯一樣建築在沙洲之上，有一部分的水域被壓扁成地底的伏流，有一部分在豪雨特報之後將依約重返。

而你是否曾重返圓山，在午夜夢迴，或攤開泛黃的相片；或是在春雨漸歇的午後翻越山頂，為孩子導覽一個消失的動物園，尋找相片中那株盤根結瘤的老樹，以及大象林旺的舊家。你抽取記憶中殘存的塊狀影像，如拼圖般鑲嵌進現場的風景，歷經檢索與搜尋，融合虛擬與實境，你發現正站在當年父親為你拍照的樹下，孩子剛走過你與昔日戀人並坐的石階，而後山腳下傳來旋轉木馬的手風琴聲，伴著爆米花香一起湧出記憶的缺口。

你在記憶的長河裡溯泳；當你再次回到圓山，也許周圍是一片汪洋，那是葛樂禮颱風來襲的那個夜晚；或者雲淡風輕，水鳥在山腰築巢棲息，撿食史前人類丟棄的蚌蛤肉屑。想像你正駕著木筏，往來圓山與劍潭山頭，用藤索拉起一道攔截壩口，拾取上游漂流下來的枯木，也許住在芝山岩的外甥即將聘訂，這些木料正巧送他構築新房。你沿著劍潭山脈航行，穿過葉蔓繁茂的潭灣，登臨樹影斑駁的水岸，繫纜在潭邊的木樁，沿著昔日捕獵的山徑，尋覓鳥獸的足跡與排遺；也許壓扁的草堆上猶存野豬的鬃毛與餘溫，你重新布置草叢邊的陷阱，順手摘取山蘇與過貓蕨葉充作晚餐的野蔬，金狗毛蕨的毛茸預作止血的敷料。在回航的水道上，你撐竿避開激潭的漩渦，感覺湖底的泥沙日漸淤積，想起近日拾獲的鳥蛋也不似往年，於是在回到山頂茅舍之後，燒燃糞草，升起狼煙，傳送訊息給遠在關渡門的族人，預告明日的祖靈祭典。你帶著即將成年的兒子，赤身潛泳到鄰近水域，撈取藤籠截流的漁獲。這時的湖水已有些微寒冷，你注意到水流的方向開始改變，似乎今夜的滿月漲潮已經襲來，你溯游銜住一波波的潮湧，仔細分辨逐漸加重的鹹味，很想把這種體驗傳遞給身旁的兒子，他即將在下次月圓參加部落的成年禮，與族老的長孫一起競泳至芝山岩。漸冷的湖水讓你清醒思考：這些部落的紀事或經驗傳承，也許應該記錄成房柱木雕或陶器網紋，於是你攀游上岸，取出陶土刻畫草圖，借用狼煙的餘燼烘製陶罐。

再次縱身入水，你察覺河底不像往昔澄澈，因此涉水來到另一側的沼澤。你清除及膝的水草，挖掘泥沙裡的蛤蜊，魚蟹紛紛走避，裸露的河床彷彿有些玉器與陶質的碎片，你拾取把玩逐漸拼湊出陶罐的形樣，上面的花紋十分素樸，不似八芝蘭或大稻埕街上販售的食具。你以缺口的陶罐盛裝貝類與玉塊，攜至圓山西麓的保安宮廟口叫賣。庄民看不出價格，還邀請廟旁四十四坎的老舉人前來鑑賞。他的聲音沙啞蒼老，說起三十年前閒居在圓山仔太古巢的恩師陳維英，平日露煮春茶，拚詩把酒，以羲皇上人自居，這款玉佩與陶器正是他的品味。不出三天，保安宮的廟公帶來一位名叫伊能嘉矩的日本人，你引他來到圓山山腳，這位遠客乍見那片山壁，腳步便不能向前，神情激動得幾乎跪下，彷若數年前你曾聽聞上游河床發現了金砂。

站在水深齊胸的河裡，你振臂撒網激起灼灼的波光，察覺到收網所需的勁道不像往年；上游挖煤淘金之後，鱸鰻香魚這類洄游魚族已不再成群出現。你看到來自錫口的舢舨，載運的不似昔日的茶葉與樟腦，那位工頭大聲斥喝挑夫小心搬運，細問才知道是總督官邸的磚瓦。你看到山腳深潭的水面漂浮著成列的巨木，來自大嵙崁溪三角湧的苦力訴說沿途一路順流，只有最後一段逆溯大浪泵溝的航程最為吃力，午後還要把這些巨木拉上劍潭山腰，這裡還將修築一座大橋，連接台灣神社與敕使街道。

你再次沉潛河底，在往昔捕魚拾貝的沙地挖掘明治橋的橋基，舊時的採金狂夢讓你勤於淘篩泥沙，想像你會發現渡船夫啐吐的檳榔渣、剝落的檜木樹皮、標刻金包里商號的扁擔、八芝蘭日警的佩刀，還有當年淡蘭水運飄落的煤屑、茶葉、鴉片煙管、水筆仔樹苗、鶺鴒水鳥的骨骸，以及台灣百合的鱗莖。更深的地層挖出螺碗、木盤與炭化的樹根。築橋的採掘與山洪的沖刷，又削去一大片的岩壁，裸露出灰黑土黃多層交疊的地質斷面，你又再次見到石斧、鹿骨、玉墜與陶罐。

想像你正在閱讀一部以岩層做書頁的史前古書，目睹大自然的演化與遽變，也瞥見歷史的偶發與必然；像是一場風洪地動，或是部落的遷徙與政權的遞移。想像西班牙神父曾登臨圓山繪製基隆河流域的地圖，荷蘭人曾調查山麓大浪泵社的人口。想像英國商人曾在運載茶葉與鴉片的船舶上算計盈收；當船頭繞過圓山，他彷彿眼見泰晤士河畔的倫敦塔，起身凝望那漸漸迫近左舷來的觀音山，有著聖母瑪利亞般的面容，隨即在胸前畫了十字。想像簡大獅和抗日義軍喬裝成漁民挑夫，與出城參拜的天皇子民在劍潭渡口的狹窄石階上擦肩相會。想像著淡水與海潮也在此相擁交融；想像你與胎生苗、水鳥雁鴨，以及洄游魚群一起泅泳在這片泛著月光與蘆影的大浪泵溝。

攤開古地圖與地方舊志，你重塑多樣的歷史場景。在交錯的時空裡熙來攘往的旅人，有的匆匆渡過河口，有的愴然佇立山頭；而身為過客的你是否曾像候鳥般，察覺出春江的水暖，以及升自大屯山群的北斗星座，而後將這種生活體驗刻錄在飛行的圖誌，留存給下次重返的子裔。

你想起了那個陶罐。

翻閱百年前的踏查日記與塵封的考古檔案，你發現陶質製品在出土之後，曾被風洪沖刷到下游的沙洲；或者到更遠的淡水河港，搭乘輪船前往巴黎萬國博覽會，參加台灣蕃俗博物的展出，或者閒置在總督博物館的地下室，或者保存在帝大的土俗人種學研究室，毀於終戰前夕的焚城炮火。也許你還有一個機會，進入網路的虛擬博物館，來到人類學系的標本陳列室，以鼻子貼近櫥窗玻璃，審視著光纖傳送的亮麗紋彩；那是波浪起伏般的網紋，夾在兩座山頭似的圓形圖案之間，你啟動三度空間的立體旋轉，陶罐的紋路似乎開始波動，上層的波長與振幅越湧越密，下層卻反向逆行。你感受到一波波的潮湧，彷彿再次泅泳在潮汐夾擊的山岬水域。你攤開淡水廳志，對照著陶罐網紋，想像劍潭曾經深數十丈，澄澈可鑑；漲潮的時候，潮水繞經南岸向東湧動，北岸的河水因物理慣性順流向西；但是退潮的時候，南北岸的水流瞬間逆轉，潮汐反覆交換流浪的方向。製陶人將這種生活體驗刻畫在陶罐上，也彷彿登錄在你血液中那個傳遞族群記憶的基因。

就像候鳥血液裡的定向導航；飄落在這片流域的雨水，也會循著昔日深刻的水紋，迴旋繞過圓山山頭。想像最後你還是會回到圓山，像風鳥傳媒的種子隱藏在山坡鬆軟的土壤；或像盤根在山頂岩層的大樹，伸展枝葉攬承這一片天空的雨水與陽光，吸吮著翻越基隆河谷的季風，招呼著在關渡門口探頭問路的候鳥，以及大屯山林移居避冬的鳥禽，告訴牠們不要懷疑，這裡曾是湖泊，曾是沙洲。想像著微風輕拂、細雨滋潤，你的根鬚將穿越過多層文化的厚實土壤，與深埋在地底的木盤螺碗、陶罐網紋，一起分享這塊大地的體香。

雙城浮影

第一章

【一六五三年・阿姆斯特丹】

當北風越過土堤，夜色如急漲的潮水，迅速淹沒運河兩旁的磚紅樓房。接駁船點燃油燈，滿載貨品，駛離懸掛紅白藍旗幟的帆桅商船，緩緩划入蜿蜒的水道。岸邊商家開啟頂樓窗口，迎向靛藍濃染的暮空，沿著橫桿轉輪垂下繩索，勾吊貨物。門前街道圓桶堆疊，馬車奔馳；碼頭牆邊人影交錯，戴呢帽的老人手握簿冊，比對封櫃的批號；頸纏布巾的壯漢站立梯岸，搖晃著火把，引導船隻停泊，逐批卸下標示VOC（荷蘭東印度公司）的木箱。流動的船燈往返穿梭，灼黃的光點沿河照亮街景，將拱橋與人影投映在高聳的樓牆立面，黑影漸趨龐大，轉瞬消失。

林布蘭（Rembrandt Harmenszoon van Rijn）獨坐畫室的幽黯角落，在淡去的暮色中，捕捉最後一絲浮光的落點；一種視覺暫留，殘存油彩的餘溫，畫作人物的眼睛在無框的黑暗中仍炯炯發亮，不管是垂眉沉思的亞里士多德，或是雙眼失明的荷馬（*Aristotle contemplating a bust of Homer*, 1653）。林布蘭起身點引火燭，仿扮畫中哲人，環視石膏胸像，觀看斜影，再秤取黃白的粉末，依據陰影的濃淡調配油彩的色差。

這種以硫磺為配料，調製出溫熱發白的亮黃，只需最微弱的星光，就足以點燃整幅畫作。來自東方的硫磺，具有一種穿透感官的神奇魔力，如同胡椒豆蔻香料，飽和度濃烈於各類媒材的加總；在遠方船燈閃爍的瞬間，甚至在闔眼之後，仍以強烈的對比蝕刻視神經。

【一六五四年・台北】

吹動九月陽光的風，像是強弩彈出的箭，能夠驅走所有的雲；在澄澈得近乎透明的氣流中，遠山有如透鏡放大那般清晰，層峰立體相連，不沾一絲雲影，這是一年裡最適合測量繪圖的季節。麥修斯（Masius）攜帶量角規、十字桿，從河口的城堡出發，搭木舟溯行，在河流垂直轉東的地方下船，裝滿水壺，攀爬一座林葉茂密的山丘，到達山頂平坦的岩石，攤平圖紙，轉置羅盤，朝向西南方的山脈，在地圖上標示出最高點；因為接近秋分的這幾天，清晨的第一道曙光就直接投射到那個峰頂，甚至遠早於河邊這座盛產硫磺的龐大火山（Touckenan）。

四周山脈圍繞的是同一流域，管轄船隻進出的淡水圓堡（de Ronduit op

Tamsuÿ）就位於出海口；麥修斯在草圖上畫出盆地裡四處漫遊的河川流徑，再循著亮綠閃爍的水波，找到諸多支流的近山源頭，參考記事摘要，逐一定位標註；冒煙的山頂（quelangs swaevel bergh）代表硫磺產地，金字塔標示的基馬遜河（Kimazón）上游密藏金砂，而這座巨樹群聚的圓形山丘就命名為馬納特森林（Marnats bos）。支流之間是廣闊的泥炭地與沖積沙洲，仿若童年居住過的阿姆斯特丹；可是兩地相隔多遠呢？

船夫熟練的划槳，繞過圓錐形體的火山，天黑之前就可以回到淡水圓堡；但是，返鄉的航程，以及東西半球分隔的晝與夜，都是無法以沙漏測量的距離。在天色轉暗的這般時辰，船燈應已縱橫於阿姆斯特丹的水道；麥修斯仰望逐漸迫近的黝黑山影，對比著天際金黃燦爛的夕靄，突然遙想，那位素描的啟蒙老師仍在運河邊的暗室中作畫嗎？

【一六五五年・阿姆斯特丹】

林布蘭列出財產清冊那一刻，已從內心交出最珍愛的收藏：古羅馬皇帝胸像、東印度提籃、貝殼與鹿角標本、鐵質與藤編盾牌、火槍與火藥筒、裝著礦石的中國木箱，以及拉斐爾與魯本斯的手繪。過去佩戴頭盔頸甲（*Self-portrait*, 1628）或絲絨羽帽（*Self-portrait*, 1632），攬鏡繪製自我畫像，但此刻鏡中人影只剩鬆垮的輪廓。林布蘭移動燭台，凝視眼角的皺褶。自畫像與聖經題材一樣，都是在處理歷史主題，然而最具震撼力的，還是在於對抗命運；當內在被掏空之後，有沒有可能創作出一幅沒有臉龐的自畫像？林布蘭褪下衣衫，淡描鏡中身影，選取黃橙作為肌理的色澤，調配朱紅襯托骨底，下肢倒掛上肢懸空，畫作像是被屠宰的公牛（*Carcass of Beef*, 1657）。

如果油畫能以黑白光譜來透視，世人終會瞭解畫中環繞耶穌與十字架的光澤（*Descent from the Cross*, 1634）來自天賦自然的純金；林布蘭拋開畫筆，緩行暗室，反覆撫拭荷馬石像的眼窩；鳥糞傷眼會讓人意外失明（*Tobit and Anna with the Kid*, 1626），但強壯如大力士參孫也慘遭剜挖眼珠（*The Blinding of Samson*, 1636）。面臨破產宣告的林布蘭暗嘆，創作的困境不在於靈感，而在於市場；於是再次選取「亞伯拉罕獻祭親子」（*The Sacrifice of Abraham*, 1655〔*Etching and burin*〕），蝕刻成銅版畫大量印刷。這些畫作在現世已失去計價的單位，只能成為未來靈魂的居所；就像掃羅聆聽大衛演奏豎琴的曲目（*David Playing the Harp for Saul*, 1655-1660）、浮士德窗口的圓盤字母（*Faust*, 1652〔*Etching and burin*〕），或是伯沙撒盛宴牆上的預言（*The Feast of Belshazzar: The Writing on the Wall*, 1635）；這些隱藏在畫作中的文字、圖像、人物與道具，就留給未來想像。

林布蘭攜帶針筆畫具，走進運河底端的印刷工房，在銅版畫印製之前做最後的修飾。屋內四壁吊掛成列的曬圖，內容呈現鄉野風景或聖經主題，還有一些航海圖樣，似乎來自遙遠的東方，有張地圖標明北回歸線之北，繪圖者署名麥修斯。

【一六五六年・台北】

在河流會合處，麥修斯手持羅盤，觀測支流發源的山峰方位，在記事本加註說明；岸邊是灰色的沉積泥土，中間夾雜黯黑的煤層，河水清澈見底，碩大的鱸鰻悠游在青綠的水草之間。引航的船夫一路哼唱，中午在河邊樹下用餐，麥修斯翻閱聖經，朗讀一段經文，船夫也靠近傾聽，並且跟著字母斷續發出字音。回程航經馬納特森林山丘，船夫指向山頂，揮手示意靠岸。麥修斯依隨船夫，爬過密蕨叢草覆蓋的小徑，盡頭是林木深處的岩壁，撥開散亂垂落的藤蔓，山頂北面的崖壁下方，暗藏一個洞窟，洞壁青苔隱現模糊的字體。麥修斯抹除塵土，默念出深鑿的西班牙文。

皇天后土　海洋萬物　眾人見證

行政長官（sargento mayor）凡德士（Antonio Carreno de Valdes）在這個不曾奉行耶穌基督的地點，豎立這座以其生命救贖世人的十字架，奉最高教宗烏爾班八世（Pope UrbanVIII）的允許，奉我主西班牙國王腓力四世（Spain King Philip IV）的命令前來，奉最神聖的三位一體名義，領有這座島嶼，以及鄰近不為人知之地。享有教宗聖座與國王陛下合法判歸於發現者與防衛者的所有權利，最後，我宣布領有這個名為卡斯提羅（Castilla）的海灣及內河，其港口將建立一座稱為聖多明哥（Santo Domingo）的城堡。

一六二八年九月二十一日

麥修斯攀登山頂，凝視這條名為基馬遜的內河，西班牙人沒有發現傳說中的黃金產地，而地圖標明的斷層瀑布，離這座山丘多遠呢？船夫站在洞口，愉悅的拼字構音，音調像是歌唱。麥修斯在返航途中，寫信向大員長官報告探查近況，也希望能有一本新港文的聖經，或許船夫可以使用。

【一六五七年・阿姆斯特丹】

油畫人物在定形之後，仍以強烈的游離顆粒，散發濃郁的油彩氣味，滲入嗅覺、視覺與心靈感官；林布蘭翻過聖經撒母耳記，凝視剛完成的畫作。不論大衛彈奏哪種曲調，掃羅已預見他的王朝即將改換姓氏；那雙手可以撥彈纖細的琴弦，也可以拉弓彈石撂倒巨人，大衛手執的牧羊棒已命定成為權杖；掃羅靜默坐定畫中，身裹棗紅色絲絨披袍，側身傾聽琴音，隱藏在內袍的手指已悄悄拭去淚水（*David Playing the Harp for Saul*, 1655-1660）。林布蘭披上棉質大衣，取出家中僅存的金飾，研磨成粉，補繪畫作，以金粉引光，點亮掃羅的絲綢華服、頭巾與皇冠。

如果沒有留下文字或圖像，這些奢華的宮殿與服飾，終將成為廢墟塵土。在住屋拍賣的前夕，林布蘭找出舊作底稿《伯沙撒王的盛宴》，輕輕念出牆上的預言，「上帝已徹底征服你的王國，並完全消滅」。君臣寵妾飲酒狂歡，無人瞭解這些以希伯來文書寫的字母應該直著讀，而非橫著念。颯響的北風已預告寒冬將臨，林布蘭起身關窗，飽含鹽粒的海風立即在眼角結晶。

失去傳承的文字，只是寫在塵土；圖像，也只是浮光中的掠影。林布蘭看著身旁的兒子，提筆畫下在這間畫室的最後印象：《正在讀書的少年》（*Titus Reading*, 1656-1657）。

【一六五八年・台北】

船夫居住的部落名為巴浪泵（Pourompon），音似佛朗堡（Franberg），位在馬納特森林西邊山麓。麥修斯以一疋印度棉布年租一間茅屋，作為宣教的講堂。當地住戶以漁獵為生，部落長老曾參加大員的會議，領有銀頭藤杖，對西方人使用的槍炮火藥、番麥薯餅、書籍文字都覺得有趣。麥修斯朗讀新港文的聖經，島內南北長期易物通商，以語音溝通並無障礙，只有腔調的差別。

麥修斯攜帶淘金槽與聖經，再度航向基馬遜的內河。繞過雞籠圓堡（Rondeel Victoria）南邊的山頭，河床裸露，小船已無法逆行。河邊的草徑隱沒在陰暗的谷地，岩壁附生巨大的羊齒羽葉，麥修斯攀藤扶壁涉水上溯，翻爬斷木繞過落石，上游河床散列許多鍋壺形狀的穴洞。麥修斯挖出沉積在壺穴底部的細沙，曝亮在陽光下，閃爍有若金砂。前方溪流深及胸腰，轉過一個狹窄的河道，轟然的水聲在岩壁之間逐漸逼近，撼聲如雷，崖石震動，水濂飛濺處就是傳說內河源頭的瀑布。麥修斯潛入水中，掏挖河底，細沙暗黑流過指縫。

回航行經馬納特森林山丘，麥修斯遠遠聽到節奏均律的敲擊聲，像是來自洞穴裡的回響。穿越小徑，繞過西班牙文書石壁，麥修斯靠近洞口，藉著天光，看到長老和一個少年正在岩壁上鑿刻文字。那是以羅馬拼音書寫的紀事，條列在「1642」、「1626」、「1616」的數字之後。長老指著「1628」的數字，少年解說長老當年二十二歲，第一次看到紅毛人，那年部落發生瘟疫和大水災，全村的人都搬回山丘居住。更早之前的族群紀事，還要邀集鄰近部落的耆老補述。

【一六五九年・阿姆斯特丹】

財產清單列出林布蘭歷年來的收藏，長戟短劍、旗幟與矛槍、鋼盔與長筒帽、彎刀與大圓鼓、火藥筒與錢幣袋、環頸鐵甲與絲絨披肩；這些對比的道具可以組成一幅畫，加入女孩與侏儒、吊雞與吠犬，環繞著一支蓄勢待發的隊伍，畫作題字：《上尉普門朗命令魯騰伯中尉率領城市衛隊出發》（*The Company of Captain Frans Banning Cocq and Lieutenant Willem van Ruytenburch*, 1642〔*The Night Watch*〕）。法院在估價過程找回畫中人物，作證每人曾付一百盾，因此以畫中人數推算，此畫估價兩千兩百盾。

天譴，林布蘭說，這個畫作的主題是天譴，絕不是夜巡。一群人華麗打扮，虛張聲勢，盛裝拿槍，裝火藥，揮長矛，小孩與寵物爭相上場；畫中少年以當年畫像的英姿，參與巴達維亞的征戰，歸來成為杜勒普醫師的病人，然後是解剖課的標本（*The Anatomy Lesson of Dr. Joan Deyman*, 1656）。少女移民北美新阿姆斯特丹，一生中最光亮耀眼的時光，就在此刻，這幅簽名林布蘭一六四二年的畫作。

然而林布蘭這一生最難堪的作品展，就是這場破產拍賣；未來已無道具可供臨摹，寫生的對象只剩下日漸年老的自我，還有，以黑暗延伸的無限想像。

【一六六〇年・台北】

長老指著「1642」的數字告訴少年，那年新來了一批紅毛人，趕走舊的紅毛人；毀棄山頂的瞭望台，建立河口的新城堡；最奇怪的是，舊的十字架被推倒，豎起新的十字架。舊十字架滾落馬納特山丘旁的深潭，在黑夜裡發出紅光。再隔兩年，新紅毛人看上潭邊的茄苳樹，說要造船，可是樹身顯靈，紅毛劍刺進去就拔不出來。

那棵樹高聳遮天，很難用語言形容，長老說，去看仔細，把它畫回來，刻在岩壁上，就畫在這個年代數字後面，因為樹身以年輪記錄著被穿刺的年代，就是「1644」這一年。那一把紅毛劍也要畫成圖像，描繪握把護手以及兩面鋒利的造型；等我們換購了足夠的鐵，也要打造一批更銳利的劍。還要記錄蔬果藥草的辨識、鹿仔與樹林的季節、水獺與魚鰻的習居、潮汐與河水的流轉，也不要忘記番麥與番薯的種植，這些都要刻在岩壁與木板，也要塑成陶土烘燒，同時附註羅馬拼音的文字；家庭的記事鑿刻在門柱，族群的歷史就雕刻在獨木舟。

在這個長年風颱與山洪的水域，這些文物記錄就保存在這個山頂洞穴。

【一六六一年・阿姆斯特丹】

林布蘭舉家搬到水城的西端，船燈的光影變得更遙遠。海風帶著灰暗色調，轉動堤岸磨坊的風車扇葉，反覆濾篩出明滅的光影，在近乎全暗的瞬間，光源鑽透狹縫，照映出抖動的樹影。林布蘭翻閱印刷工房的新書，設計一種暗箱，書中說明立體影像如何穿透瞳孔，倒映在視網膜，經過交叉連接大腦神經（*René Descartes: Treatise on the Human Being*）。工房還有一本新書有如啟示錄，圖說太陽表面移動的黑點，以及月球地表的高山與陰影（*Galileo Galilei: The Starry Messenger*）。

透鏡可以望遠，顯微，也可以曲折光線；林布蘭輕移酒杯，轉動劍把，注視刀鋒倒映的色澤。人物背影遮住長桌中央的強光，散射的光亮映照出舉劍宣誓的莊嚴神情，畫作取名：《西維利斯的起義》（*Conspiracy of Claudius Civilis*, 1661），描繪古代荷蘭巴達維亞人（Batavian）的英雄，率眾反抗羅馬人的統治。

但是這幅畫被訂購的市政局退回，因為林布蘭清楚勾畫出英雄左眼瞎盲的缺陷。林布蘭說自己視力逐漸老化，無法再做修改，但是市政局的審查官全都瞎了。

【一六六二年・台北】

統治大員的長官已經投降，麥修斯對少年說，大明藩王的軍隊隨時都會北上，教堂即將關門，十字架可以取下，但是文字要繼續保存，因為那是通往西方知識的一扇門。繼續保守藏金的祕密，不論那只是豪雨沖刷的砂金，或者是西班牙人暗藏的寶藏，或是真有座金山。大明藩王之後，還有揚言渡海的韃靼人，連年的戰亂會帶來饑荒，因此要記得保存番薯的根莖，即使乾旱，落地就能衍生。

「那你呢？」少年問。

「先北上日本的長崎，」麥修斯說：「再轉往巴達維亞或美洲吧。」

大明藩王的兵士攻佔淡水圓堡，駕木船溯河而上，像紅毛人一樣裝扮，頭戴盔甲、手持火槍、腰佩長劍，最大差別只在旗幟的顏色。穿過狹窄的干豆門，舟船進入一片寬闊的水域，隊官遠遠看見前方圓形山丘頂端的十字架，下令泊船在山腳的灣潭，率眾持槍進攻。

一隊軍伍衝入小徑，看到石壁上一排蚯蚓形狀的文字，士兵探過洞穴，回報隊官，說：「番字洞！」文人模樣的師爺趨附隊官耳朵，隊官立即宣布，這些殖民文化必須毀棄，下令準備火藥。

藏身在洞內的長老示意少年留下，獨自走出岩洞，以官話告訴官兵：「這不是西班牙文，也不是荷蘭文，這是我們語族的文字。」持戟的兵士聞言大怒，作勢廝殺。師爺搖扇，點頭。

士兵怒極，矛刺抵住長老的胸骨。

「……是語族的文字。」長老擋在洞口，依然不動，心想少年抱著獨木舟，此時已經到達山洞另一端的河邊了。

第二章

福爾摩斯・基隆河尋金

【一八九〇年・一月・倫敦】維多利亞人

話說世紀末的倫敦，陷入一種集體的瘋狂；一種歇斯底里的群聚感應，從國會殿堂蔓延到商街廣場，從皇親大臣延燒至市井小民，人人情緒高漲到夜夜無法入眠，話題從日不落帝國的領土擴張，跳到日落之後的花街命案。

「這種病態的殖民侵略，有如『開膛手傑克』的連續犯案。」

《泰晤士地下報》的社論適時提出道德箴言。

一時之間，需要教堂告解的人數遽增。

但是白天的街坊酒肆依舊人聲喧嘩，轉述昨夜發生的驚悚命案，然後趕在夜黑之前回家，鎖上鐵門，圍著壁爐，翻看快報。聽！噠噠馬蹄踏過鵝卵石路面，淑女緊摀孩子耳朵，紳士躲在窗角偷窺，一輛馬車輾壓而過，咿喔，咿啊，傳出淒厲的女聲，小孩抬頭一看，媽媽正在尖叫。

馬車切入夜霧，水氣像四散的漣漪，渲染鵝黃色的街燈。

樹影輕飄，鬼魅般走過街道。

「本地的街頭犯罪率位居世界第一，但是推理小說裡卻有最高的破案率——因為這是福爾摩斯居住的城市。」《倫敦晚報》的書評專欄提出說明，並且跨版介紹這波全民閱讀帶動的時尚流行。

太陽出來之後，隨處可見頭戴獵帽、身披斗篷的同人裝扮，這些人口含煙斗，手持木杖，閒閒無事在倫敦街頭遊走，或者女扮男裝，甚至添購童帽，立志成為福爾摩斯的化身。

根據大英百科全書的註解，當代的維多利亞人，博學多聞，每個人都是訓練有素的偵探，一眼就能看出隔壁餐桌的男女是否已有婚約。

「沒有！」頭戴高筒禮帽的紳士舉起骨瓷茶杯，低聲說：「你看他們的指戒新舊不一。」

腰繫束腹蓬裙的淑女，挪動粉肩，嘴唇趨近紳士的耳朵，「櫃台那對男女不是夫婦，你看他們，各提各的皮箱，而且款式不一樣。」

紳士喝一口錫蘭紅茶，再換個話題。

「祕書與老闆很熟，因為他們身上散發同一種香水味。」

淑女輕推蕾絲帽沿，紳士撫捏鬍鬚，兩人手腕露出相同款式的男女對錶。

紳士回到家，摘下高筒禮帽，太太立刻彎腰幫忙脫鞋，接著翻看鞋底的泥巴。

「最近郵政街翻修路面，這種暗紅色的泥土，只有那裡才有。你的舊情人就住在轉角巷口，」太太越說越氣，「她的孩子，一頭紅髮跟你一樣。」

第二天，紳士主動幫太太梳頭，輕移髮簪，挑出一粒豔黃的花團。

「妳，為什麼跑去海德公園的溫室？」紳士拉高聲調，「而且，還選在相思樹下！全倫敦唯一的相思樹，只在這個季節落花。」

大英博物館的四周街頭貼滿海報，告示五花八門的專題講座，主辦單位是專業學會，或是業餘的鑑賞俱樂部，集會地點通常是在小酒館，或選在商品特賣的展場。有些跨領域的綜合性議題，不到現場聆聽就無法理解內容。

「比較東方美人茶與錫蘭紅茶的牙垢色澤」

「如何檢測禿頭男子的紅髮基因」

「從奶嘴或煙斗的咬痕，預測五年後的齒列磨損」

對這些標題有興趣的人應該不多。但是如果以男性、左撇子、抽水煙、禿頭、印度、香港為研究對象，可以成立三四百個學術團體。在這世紀末，全世界所有蒐集得到的珍奇物種，全都集中到這個城市進行分類。水晶宮展示鼻頭長角的禽龍化石，以及直立行走的猿類骨骼。萬國博覽會陳列尼羅河帝王的木乃伊，以及東方法師的舍利子；大門入口右側矗立埃及的方尖碑，左側高聳中國的舉人旗杆。

這是全世界博物館密度最高的城市；維多利亞式的多元教育方案，目的在訓練博古通今的學童，在進入二十世紀以前，能以肉眼區分蒼蠅的性別，徒手指認壁虎的鳴器。

從住家環境到公共空間，到處都是科學實驗與邏輯推理的運作場域。有人改裝自家公寓的浴室，裝設鍋爐銅管，添加硫磺粉末，燻製出有如雞蛋發臭的磺泉霧氣，暱稱為家庭式的巴登溫泉，平日優待女性會員免費入場，但不供應浴巾。有人利用公司的洗手間ＤＩＹ組裝暗房沖片設備，三天後，被如廁的女性員工發現。

「太誇張了，硝酸銀的氣味比巴黎 Poison 消毒水還濃烈，酸液噴濺在木牆上，還灼燒出一個洞。」

「嚴格來講，不夠專業，洞眼四周都是指紋，還沾附著口水。」《倫敦櫻桃日報》專門報導這般細節。

大英博物館的後巷也悄悄成立了一個菁英制的學術團體，叫作「貝克街二二一號研究學會」，創會宗旨是破解最離奇的懸案，專門轉收寄到二二一號，但未註明A座或B座的信件，為了簡化作業流程，會員只有兩位，分別負責收信與寄信，會址就設在兩人合租的男子單身公寓，會長福爾摩斯（Steven Holmes）曾經就讀愛丁堡大學，但在大三那年中輟離校。

「那天，毒物學教授衝進教室，劈頭大罵：『你！興趣只在藥草的毒性，卻不在乎如何解毒……』教授還沒說完，我就走出教室。」

福爾摩斯取下煙斗，仰頭吐出一串煙霧，緩緩告訴副會長華生（Jack Watson）：「因為那個時候，我深深依賴止痛藥物，也瞭解藥草的毒性，自覺隨時都可能死去。但是跨出校門，卻瞬間彷若重生；我是徹底覺悟，學習的場所也不過只有兩種：課堂與現場。就像我的同學柯南．道爾，選修『犯罪防制學』，就無師自通『變態犯罪學』。」

「你看過《四簽名》與《血字研究》嗎？」福爾摩斯繞到華生背後，伸手畫出圓弧，「天下所有的推理小說，都是先射箭，再畫紅心。」

「也就是說，先有解答，再設計題目。」福爾摩斯說：「這種解題方式絕對無法偵破當前的倫敦花街命案，也不能破解歷史懸案。柯南曾經反覆研讀史蒂文森的《金銀島》，推測島嶼的位置，但是他的解題能力在神祕的東方陷入泥淖。」

福爾摩斯走回書桌，抽出一本期刊，說：「金銀島的祕密，嘿，就藏在這本最新的期刊……」

曼徹斯特（Manchester）鳥類羽毛之金屬含量分析

目的：探討都市工業化與空氣金屬汙染的相關性。

背景：曼徹斯特為紡織與鋼鐵工業的重鎮，使用燃煤作為蒸汽機的動能。

方法：以曼徹斯特地區的留鳥為研究對象，分析鳥類羽毛的鐵、錳、銅等金屬含量。另以遠東地區的鳥類作為對照比較。

結果：曼徹斯特地區鳥類羽毛的鐵、錳、銅金屬含量高於參考值。

討論：工業化可能造成金屬之空氣汙染。在發展出更精密的儀器之前，鳥類羽毛可作為天然的空氣採樣器。

牛橋大學教授　柯林伍德

（註：以上中文摘要譯自一八九〇年一月出刊之《皇家科學月報》）

「你有沒有看出不尋常的地方。」福爾摩斯說：「問題在對照組——你注意看這下頁的表格。」

表三　亞洲地區鳥類羽毛的金屬含量

亞洲地區的鳥類＼金屬	鐵	錳	銅	金
黑腳信天翁（Diomedea nigripes / Black-footed Albatross）	—	—	—	—
灰面鵟鷹（Butastur indicus / Grey-faced Buzzard Eagle）	—	—	—	—
赤腹鷹（Accipiter soloensis / Grey Frog Hawk）	—	—	—	—
領角鴞（Otus bakkamoena / Collared Scops Owl）	—	—	—	—
大冠鷲（Spilornis cheela / Crested Serpent Eagle）	—	—	—	—
翠鳥（Alcedo atthis / Common Kingfisher）	—	—	—	+
小白鷺（Egretta garzetta / Little Egret）	—	—	—	++
藍腹鷴（Lophura swinhoii / Swinhoe's Pheasant）	—	—	—	—

「倒數第二、第三行，金的含量過高。」福爾摩斯說：「這兩種鳥類，都在水邊覓食。暴露途徑可能是因為鳥喙沾到河底金砂，再粘附到羽毛。」

「怎麼可能？」華生說。

「不然，你要如何解釋？」福爾摩斯說：「想想看，有人會這麼大費周章，從東方走私黃金嗎？」

「過寶山而不入，真是不可思議！難道牛橋大學的教授都沒有經濟壓力？」福爾摩斯添加煙絲，吐出煙霧。「或者，研究目的只在本地的空氣汙染，因此忽略亞洲地區的數據異常。這是西方學者最常見的研究偏差！」

華生撫摸著期刊封面的燙金標題，眉頭緊皺，說：「這要如何補救？」

「最好的補救方法是，不要讓他知道。」福爾摩斯微笑說：「以免傷了他的學術自尊。更何況，事關智慧財產。大家都知道的，就不叫作寶藏。學術界的慣例是：挖走寶藏，才告訴對方，寶藏就在你家。這篇文章並沒有指明鳥類的產地，以學術倫理的觀點來看，作者十分注重鳥類的隱私。但是，再怎麼隱瞞，踏破鐵鞋就是會留下鐵屑。你看，參考文獻有一篇文章提到福爾摩莎的鳥類。文末的致謝欄位也殘留一些線索：『感謝牛橋大學鳥類標本研究室，以及史溫侯（Robert Swinhoe）的採集。』」

「你認識牛橋大學的教授？」華生問。

「在教授下班之後，我才會回到校園。」福爾摩斯說：「你先到大英圖書館，搜尋亞洲鳥類的資料。」

【一八九〇年・一月・倫敦】大英圖書館

華生踏上石階，走入圖書館的挑高大廳。

暗黃的燈下，散坐幾位頭髮斑白的老人，角落還有一位年輕的東方面孔，滿桌的資料夾雜幾張草稿，正楷書寫四個漢字——建國大綱。

鳥類期刊專櫃的擺設十分凌亂，夾雜幾本烹飪食補的中文書籍。華生根據目錄索引，抽出一篇署名「史溫侯」的文章。

一位自然學家在淡水內河的想像旅行

汽笛乍響，輪船離港，海岸逐漸模糊。容納所有旅程記憶的陸地，全被壓縮在海天之間，偶爾有些黑點從水平線躍出，輕盈如飄浮的塵埃，一路追逐，飛近到伸手可及的船桅，停棲，轉動明晰的眼珠，逼視你的心情。再跟過來就離陸地太遠了，回去吧，海鳥，請傳遞最後的告別。

旅行的目的，有時啟程就已確定，有時在結束後才出現。

多年來，在小獵犬號未曾踏訪的北太平洋島嶼，尋找華萊士線的最北端。曾以達爾文的理論這般猜測，位於歐亞大陸東側外海，有一列漂浮的島嶼，相對於英格蘭島群，有著分歧演化的物種。就這麼沿著亞洲大陸的海岸河口，拉長望遠鏡頭，追逐鳥族的旅徑，脫掉長筒靴，赤足掠過草叢，趴臥在蟻穴鼠道，比對陌生的物種，甚至是肉眼無法察覺的萊姆病螺旋體，引發後續的下肢癱瘓。

此去就是永別。

不可能再回來了，從此只能以想像旅行。

或者依隨飛鳥，再一次進入淡水內河。

一八六四那年，與成群的灰面鵟鷹一起南下，航經澎湖海域，遇見一隻赤腹鷹，黑爪，足膜均為橙色。在更早的一八六二年，曾看到一對紅隼在淡水城堡的頂端築巢。河口還有澤鵟、魚鷹。沙洲亦出現朱鷺，長嘴探刺汙泥，頭頸深灰，翼腹純白。往內河走，冬季的岩石常見溫馴的鸊鷉。沼池可見綠蓑鷺，白天在水田覓食魚蝦，夜晚棲於竹叢。沿著支流進入淡水林地，黃昏可見黃嘴角鴞，鳴聲低沉，善抓鼠類。在內河航道的終點下船，進入低海拔山區的樟樹林，曾見稀有的朱鸝，翼黑但腹部朱紅。還有一些只見過羽毛標本的鳥類，藏身在終年雲霧纏繞的深山。

啊，夕陽餘暉正勾勒著島嶼的高山天際。且再投以最後的一瞥，暗嘆一聲，Formosa！

史溫侯　一八七三年十月二日

【一八九〇年・一月・倫敦】牛橋大學標本室

華生返回學會辦公室，注意到桌上多了一張嶄新的名片。

牛橋大學與東印度支那公司　產學合作計畫

計畫主持人　福爾摩斯

「退學之後，第一次回到校園。」福爾摩斯說：「雖然大學外面才是最理想的學習環境，可是我還是喜歡校園的氣氛；一種無菌的培養皿，以固定的條件培養出單一的物種。」

「我在樓下的水果攤買了蜜桃，經過鐵門，將果核塞入門縫壓碎。」福爾摩斯說：「標本室的學生們博覽異國珍奇，卻沒有人認得剝殼後的果仁。我走上講台，大聲說，就像名片印的只是頭銜，研究室門口掛的只是招牌；魚類標本如果不分類，就像漁市場，因此，產學必須合作。學生接過我的名片，打開標本箱，亮出一整櫃拔了毛的亞洲鳥類。」

「我邊看，邊做筆記，說，這題會考。」福爾摩斯攤開記事本，「金羽毛的採集地點在 Tamsui（淡水）、Keelung（基隆）。以前在香港學到的漢字，這次全用上了。」

翠鳥・淡水・大龍峒溝　一八六二年

小白鷺・基隆・苧子潭　一八六三年

「那隻小白鷺，不僅羽毛沾黏金粉，腳爪也鑲滿金砂。」福爾摩斯搖著頭說：「這是什麼地方呢？金子多到溢出河床。」

「博物館的標本可以單獨存在，但是生物要在環境生存，必定有牠的食物鏈。」福爾摩斯緊握煙斗，「換句話說，這些鳥吃什麼？嘴巴細長的小白鷺吃什麼？所以，我特別尋找中小型的淡水魚。結果在亞洲魚類的蒐藏專櫃，找到這條特有種。」

福爾摩斯從木箱取出一條長約二十公分的魚類標本，頭部呈三角錐形，下顎平坦，魚唇厚滑，標籤註明「竹篙頭（唇滑）．基隆．芋子潭．一八六三年」。

「你怎麼拿走牛橋大學的標本？」華生驚叫。

「為了夜間的學術研究，天亮就會送還。」福爾摩斯說：「你去看看顯微鏡底下是什麼。」

華生調整接目鏡的轉輪，說：「黃濛濛，十分刺眼。」

「什麼東西，這麼亮？」華生抬頭問。

「純金金塊。」福爾摩斯說：「肉眼就看得到，你用顯微鏡反而看不到！」

華生睜大眼睛，「你怎麼發現的？」

「因為我在尋找！我在標本室特別留意下巴平坦的魚種。」福爾摩斯說：「因為這種魚是貼著河底沙地覓食。因此，一摸到魚肚的硬塊，我的手指彷彿觸電，瞬間全身震顫，連忙翻看標籤，採集地點與小白鷺一樣，都是『基隆・苧子潭』。」

「那到底是什麼地方，可以讓這條魚吃到整條腸子都是金砂。」

「我一定要重返大學，」福爾摩斯握拳重揮，「多抓幾條金魚標本，用來訂購前往東方的船票。」

「而且，前往巴黎的旅費，有人願意替我們負擔。」福爾摩斯從口袋拿出一封信。

信封上寫著「倫敦貝克街二二一號×××收」，部分字體沾疊水漬，模糊難以辨認，發信地址是「巴黎，蒙馬特，狡兔酒館」。

華生抽出信紙，緩緩念道：「久聞屢破奇案，至感敬佩。今日冒昧求援，實有不得已之苦衷……」

「等等，」福爾摩斯說：「翻譯的語法不要那麼僵硬，要口語化一點。」

「喔，」華生清清喉嚨，聲調放軟，「……因為，這件事情不僅關係到軍人的榮譽，也影響到兩國之間的信任。但是有些細節，不方便在信中明講，請你們來巴黎一趟，住在蒙馬特狡兔酒館隔壁的旅店……隨信附上訂金五十英鎊。」

華生翻看信封，辨識收信欄位。

「信上說『你們』，可是開頭並沒有寫收信人的名字。」

「拆信的時候，不小心剪掉第一行，不過這很容易理解。」福爾摩斯說：「信上說的『你們』就是我們。」

「英鎊我已經收下了，」福爾摩斯揚起手中的鈔票，「船期就訂在下周。」

【一八九〇年・二月・巴黎】波希米亞人

「偵探是一種行動藝術，在解謎的過程中得到樂趣，破案的功勞歸於警方。換句話說，偵探像波希米亞人一樣，欠缺物質的鼓勵。」福爾摩斯說：「牛橋大學的金塊並不足以支付前往東方的旅費，所以我在倫敦與巴黎兩地的報紙刊登廣告，承接民間的委託案件，像是尋找海難失蹤的親人，或是調查海島的礦產。先付訂金，事成再按件計酬。」

狡兔酒館裡面煙霧瀰漫，歡笑沸騰，杯光晃動之間佳餚流轉。

「靠窗那桌的藝術家剛結束沙龍畫展，」福爾摩斯說：「不僅付清一整年的賒帳，還計畫搬到塞納河左岸。」

華生擠壓柳橙，殘汁滴落在啃過的肋排。

福爾摩斯舔乾手指，比著牆壁上一幅署名文生（Vincent）的油畫，「畫作可以作為未來靈魂的永恆居所，但是，卻付不出在世時的一日房租。」

「呃，」福爾摩斯拉高聲調，「藝術是永恆的，只不過，價格在生前死後差距極大。」

「喂，你們英國人，講話都需要繞大圈嗎？」鄰桌一位落腮鬍男子說。

「嗝，敬你，」福爾摩斯舉起空酒杯，「請問你是？」

落腮鬍男子指著牆壁上的告示：

喝酒得負責，酒後不駕車（Please drink responsibly. Don’t drink and drive.）

「啊，你是馬車夫？」華生驚呼。

「不，牆上掛的是製酒公會的戒酒標誌。」落腮鬍男子指著底下的贊助單位：M.O.C.。

「英國紙幣還夠用嗎？」落腮鬍男子低聲說。

福爾摩斯酒意全消，身軀前傾說：「請問先生，您是？」

「聖心堂前廊柱子，到那裡會面。」

【一八九〇年・二月・巴黎】聖心堂

福爾摩斯尾隨一位女士走進教堂。
聖樂在高聳的廳堂裡迴盪，玫瑰花窗斜射出五彩斑斕的光影。
女士坐入左側座椅，低頭禱告。
福爾摩斯輕步靠近。
女士遞來一本聖經，福爾摩斯翻開內頁，露出一張《巴黎晨光報》的剪報。

蒙羞！洩密罪確認！
雷恩軍事法庭判決德雷弗斯（Al Dreyfus）洩密罪確定。

有關清國公使館舍私藏法國軍事機密之不法事件，在一個月前揭發之後，已造成兩國之間的軒然大波。據瞭解該文件為法國海軍機密，事關印度支那半島的軍艦編組，以及二代艦的更新。軍事法庭法官根據巴黎索邦大學犯罪學教授莫里亞蒂（Macon Moriarty）的意見，認定機密文件的筆跡與德雷弗斯相同。德雷弗斯出身猶太家庭，參加過一八八四年間的遠東戰爭，熟悉印度支那的人事部署與軍事採購。至於該文件為何從清國公使館舍流出，法國情報機構不願進一步透露……

「『海軍總部裡面有人搞鬼。』」女士說：「出事之前，他經常這樣說。」

福爾摩斯將剪報放回聖經夾頁。

「德雷弗斯是我的丈夫。」女士說：「他的長官暗示，這件事必須盡快結束，否則會引發國際紛爭。」

「妳看過那份手寫文件嗎？」福爾摩斯問。

「沒有，法庭說，那是國家機密。」女士說。

「家裡的書信文件全被軍方搜走。」女士打開皮包，「只剩下這本，在閣樓舊書桌找到的。」

福爾摩斯翻開書冊，紙張外緣發黃，裝訂鬆脫，內容是一般的日常記事，部分書頁的字跡凌亂，其中一頁標示：「一八八四年十月二十日，Tamsui（淡水）。」

福爾摩斯眼睛發亮，仔細閱讀下去。

（以下為法文日記，請注重個人隱私，敏感部分請勿傳抄）

今日都在床鋪上度過，右腳的傷口還在化膿。躺在床上，從窗口望去，對面的山形十分柔和，就像聖母瑪利亞的側面雕像。清晨醒來，還看到一隻全身雪白的鷺鷥飛過窗口，幾乎忘了戰爭。照顧我的是一位來自加拿大的馬偕牧師，以及他的教徒，其中一位略通英語，他說窗外那座山叫作『觀音』……

一八八四年十月二十九日，Tamsui（淡水）

仍然無法下床，心中一直在想……

後面文字沾染墨汁。

再翻前幾頁。

一八八四年十月三日，Keelung（基隆）

攻下基隆港要塞之後，弟兄們總算能夠舒服地洗澡。我們派駐基隆港口右側的炮台，那是一座老舊的城堡。中午在廚房地窖的土堆裡發現一個酒瓶，外殼標籤的邊緣剝落，字跡模糊，但仔細辨認又像是荷蘭文，拔開酒塞，掉出一張鹿皮紙，攤開一看，是地圖，一條蜿蜒的河流，繞過羅列的山丘，上游標示的圖樣像是樹林與瀑布，還有金字塔狀的三角錐，左下角書寫「1662」……

一八八四年十月五日，Keelung（基隆）

下午在海邊巡邏，發現一個洞穴，洞壁上刻畫很多文字，以羅馬字體書寫，可是整段文句讀起來，卻很難理解……

「地圖呢？」福爾摩斯問。

「什麼地圖？」

「日記裡提到的地圖。」

「沒有地圖。當年他回到巴黎，我就看過這本筆記，沒看過什麼地圖。」

「我們一定要救他，」福爾摩斯緊握教堂椅背，「找出那張鹿皮地圖。」

【一八九〇年・二月・巴黎】塞納河

福爾摩斯與華生走過嶄新的亞歷山大三世鐵橋。

「尋寶就像是拼圖，第一個出現的碎片可能只是偶然，像是金羽毛。第二次可能只是巧合，像是魚肚的金塊。然而，第三次出現，就必須考慮人為因素了，就是德雷弗斯提到的地圖。」福爾摩斯說：「你有沒有注意到這三件事的共通點？」

華生搖搖頭，停下腳步，轉身看著福爾摩斯。

「基隆（Keelung）！」福爾摩斯說：「金羽毛出現在基隆，藏金的魚肚子來自基隆，德雷弗斯也在基隆找到地圖，就是標示金字塔的鹿皮地圖。」

「要破解鳥巢的結構，必須挑出背面的線頭。」福爾摩斯說：「我們不可能拿到那份手寫的機密文件，也不可能改變法官與證人相互感應的自由心證。」

「自由心證？」

「對，自由心證。」福爾摩斯說：「各種證據的強度，以自由心證為最強！高於科學數據，也勝過邏輯推理。換句話說，權力傲慢與專業偏見，是影響判決最絕對的要素。」

「我研究過莫里亞蒂的著作，就在巴黎自然史圖書室的人類學專櫃。」福爾摩斯說：「他的專業領域是『顱骨學』，曾經發表『頭顱外型與犯案類型的相關性』，並以幼童的生辰星座，推斷成年後的犯罪傾向。」

「這怎麼可能？」華生說。

「怎麼不可能，」福爾摩斯說：「莫里亞蒂是變態犯罪學的拿破崙。」

「你有偏見。」華生說。

「不，這是他們國內學界的意見。」福爾摩斯說。

「我們，」華生說：「是不是應該先討論德雷弗斯的案情。」

「好！」福爾摩斯從口袋取出《巴黎晨光報》，「請你看看右下角的新聞。」

塞納河岸發現東方浮屍

亞歷山大三世橋下昨晚發現不明男屍，年約四十多歲，東方面孔，長辮子，無蓄鬍，穿著墨藍長袍黑布鞋，身上並無任何證明文件。警方研判為意外落水，同時呼籲民眾，若有熟人失蹤，速至巴黎警局指認。

「這個城市的東方人口仍屬少數。」福爾摩斯說：「今天看到這則新聞，我立即趕到警察局。」

「死者咽喉沒有積水，枕骨的傷口邊緣平滑，研判遭受圓形鈍物重擊，而且落水時已經失去意識。死者長袍衣領內層縫著布條，上面刺繡三個漢字，很可能是他的名字。」福爾摩斯取出口袋裡的紙片，上面抄寫三個漢字「乙君嵐」。

兩人沿著河岸，繞過聖母院，走到西堤島的東端。

小徑盡頭是一攤泥地。

「注意看前面的腳印。」福爾摩斯說：「剛才散步過橋，我一直在觀察河岸的泥灘。因為，那個東方浮屍的鞋底細縫殘留著泥巴。昨天下了一場小雨，入夜後雨就停了，泥地上的腳印應該是昨晚留下來的。」

福爾摩斯指著前方零亂的鞋印壓痕。

「這是兩個人的鞋印，右邊那個人較瘦，身穿墨藍色長袍……」

「你怎麼知道？」華生問。

「因為泥地的鞋印跟東方浮屍一模一樣。」福爾摩斯攤開紙張，比對紙面上的乾枯鞋印。

「這兩個人走到河岸，只有一個人離開。」福爾摩斯指著河岸延展的一列鞋印。

「兩個人都穿東方樣式的布鞋，假設都是清國人。」福爾摩斯取出石灰粉加水，調製石膏，灌入地面的凹痕。

「到唐人街，」福爾摩斯說：「找一個右手拄著楞杖、體型略胖的東方人。」

「體型胖？」

「因為這個人的鞋印較深，而且這些楞杖壓痕都在右側。」

【一八九〇年・二月・巴黎】傷殘戰士之家

福爾摩斯與華生穿過傷殘戰士之家（Les Invalides）的庭院，走入一家咖啡館。

「偵查犯罪，要以犯罪者的角度去思考。」福爾摩斯說：「這件事主要是清國的軍艦採購案，扯到印度支那，只是為了模糊焦點。一般的交易只有買賣雙方，軍事採購還要加上管理者，也就是說，清國與貿易商行是買賣雙方，法國軍方就是管理者。」

「最初，我並不確定是否法國軍人洩密，」福爾摩斯說：「但是看到塞納河畔的鞋印，我認為，最大的可能是清國那邊出問題。那天我們在廣東茶樓，你說，我的背後坐著一位拄著楞杖的東方人。我繞到廁所比對地面沾水的鞋痕，發現與河邊的石膏鞋印完全一樣，就一路跟蹤他回到住屋。隔著半掩的落地長窗，我看到室內靠牆的桌上豎立一個木牌，前面放置香爐，再取出望遠鏡觀看，很奇怪，那是一塊沒有名字的空白木牌。」

「剩下的要靠心理戰。」福爾摩斯繼續說：「我做了相同形狀的木牌，黑墨書寫『乙君嵐』三個字，然後穿上墨藍色長袍，坐在茶樓，等那個東方人上門。那人一看到木牌，當場小便失禁，昏倒在地，醒來之後，全身發抖，對著神主牌磕頭。這個人名叫甲君，是清國駐英人員，負責軍備採購，為了阻止法國廠商的競爭，故意洩漏機密文件。」

「乙君是甲君的上司，只因為不同意採購舊型的軍艦，就被甲君以枴杖敲擊後腦推入水中。洩密者是清國人，也因此還給德雷弗斯清白。」

福爾摩斯低聲對華生說：「我們也可以收到法郎。」

二月巴黎難得的陽光，灑落在傷殘戰士之家的圓頂，彈射出耀眼的金光。

德雷弗斯夫婦穿過庭院。

「謝謝你們。」德雷弗斯微笑說：「但是也請你們小心，因為這件事讓莫里亞蒂教授顏面盡失，他的專長是犯罪。」

「我並沒有想這麼多，我們很快就會離開。」福爾摩斯說：「只是，有個小小的請求。」

「嗯？」

「那年，你在遠東的城堡發現一張地圖，」福爾摩斯說：「還在嗎？」

德雷弗斯仰望天空，陷入沉思。

「那個城堡位在海港的出口，」德雷弗斯說：「東北方向吹來很冷的風……」

「地圖呢？」福爾摩斯問。

「我隨身帶著，」德雷弗斯說：「直到有一天，進攻另一個河港，小隊衝上沙丘，才知道中了埋伏。我的右大腿中彈，滾落山溝草堆，天黑後朝著微弱的燈光，忍痛爬行，只記得拍打窗子……」

「醒來時，已經躺在床上，房間裡還有一個當地人，他會說簡單的英語……」德雷弗斯說：「有一天炮聲大作，劈啪聲越來越近，我擔心被抓，連忙將文件塞進地板縫隙，包括那張地圖。後來才知道那天是聖母媽祖的嘉年華廟會，當地人還邀請傳教士參加。真是不可思議，戰爭還沒結束，就在放鞭炮，也容許異教祭司參加寺廟慶典。」

「你說，地圖在病房的地板下？」福爾摩斯問。

「那是傳教士的住家，那個房間有兩張床，我的床鋪離窗戶較遠，躺在床上可以看到窗外的山。」德雷弗斯拿出紙筆，繪出山脈的模樣。

「直到戰爭結束，仍然無法站立，地圖就一直放在地板下。」德雷弗斯說：「我曾想回去，但是那邊不太平靜。」

德雷弗斯夫婦離開後，福爾摩斯清點法郎，收進皮包，拿出另一疊文件。

「你先看看這些從清國使館流出的資料。」福爾摩斯對華生說，「這趟到東方的航程非常漫長，你試著瞭解一下當地的語法。」

華生攤開一看，滿紙都是密密麻麻的方塊文字，全體肅立堆疊。

> 李鴻× 論海防籌餉（光緒元年五月十一日）
>
> 目前以籌餉為第一要義。購辦船械，動需巨款，精堅鐵甲船每隻價值百萬兩上下，即兵輪船一項，在西洋定造，大者每隻約三、四十萬，小者亦十數萬。總之，無錢則一事不能辦，要辦則無處不需錢。

「這一篇說來說去，就是說沒有錢。」福爾摩斯說。

李×章　籌議購船選將摺（光緒五年十月二十八日）

乃議之五、六年，而迄無成者，一由經費太絀。然欲求自強，仍非破除成見定購鐵甲不可。因北洋經費尚有存款百萬，欲購一鐵甲船，暫行試練。

「第二篇說，現在有錢了。」福爾摩斯說。

台灣巡撫劉銘傳咨報駐英參贊李經×自英赴台「校對購辦船帳目」（光緒十五年二月二十日）

怡和、旗昌兩洋行承辦台灣大鐵船，現據兩行呈到帳目，多有未符。據稱係駐英參贊李×方經辦等情，應飭令該員暫行回華，與兩行當面校對，俾易清結。

「第三篇又說，錢短缺了。」

李×方手記（己£年十二月三十日）

吾陸續祕密存入一大銀行之款，不計其數，皆無存劵，本利未嘗計算，亦不知若干萬。但此銀行永遠存在，不致倒閉停歇，亦無人可以冒領；除非洗錢防制法案可以追溯，凡吾名下之款，吾子孫將來有德者，該銀行當然付給。

「第四篇，中國年代以英鎊的形狀出現。」福爾摩斯晃晃頭，說：「這些文件，不僅字型僵直，語意也堅硬難解，不像平常人的講話。還是先看看英漢對照的聖經。」

【一八九〇年・二月・巴黎】自然史博物館

莫里亞蒂教授在書報攤買了一份《巴黎晨光報》，迅速看過各版標題，慶幸「德雷弗斯」事件的熱潮已經消退，但在翻過報紙的瞬間，瞄到底頁有一塊廣告，署名「福爾摩斯&華生」。

受孤拔將軍部屬之託，將前往福爾摩莎島調查一八八四年遠東戰爭失蹤的士兵……事成論件計酬。聯絡地點：狡兔酒館。

莫里亞蒂緊握報紙，快步穿過自然史博物館的大廳，進入人類學研究室，檢視玻璃櫃內陳列的頭顱，蹲下搬出底層的木箱，取出一個外敷金箔的頭顱，再翻看紙片的標示：福爾摩莎．哆囉滿（Turuboan）。

文件說明標本的採集年代是一八八四年，當年遠東艦隊登陸基隆，翻越山嶺，尋找煤礦，在一個內河上游的洞穴，找到這顆金頭顱，據說當地盛產金砂，但一直無法查出金礦的源頭。

莫里亞蒂取出體質量測儀器，記下額頭寬度與下顎長度，注意到上顎的臼齒鑲了一個金牙。

【一八九〇年・三月・黑水溝】漂泊的荷蘭人

「這個故事聽起來像是傳說。」福爾摩斯說：「可是認真探究，從故事的原型，到後續版本的添修細節，引用的全是經典文獻的實證考據。」

厚黑的雲層緊貼海面，一艘三桅帆船在海天的夾縫間顛簸起伏。

福爾摩斯抓住船舷，注視著墨綠轉黑的海水。

「『漂泊的荷蘭人』原型是荷屬東印度公司的一位船長，故事發生在大航海時代。這位船長左握羅盤，右持火繩槍，在巴達維亞海域四處遊蕩，尋找香料、硫磺、鹿皮，以及黃金。」福爾摩斯說：「有一天，船隻遭遇暴風雨，偏離了航道，漂到一座島嶼，船員進入內河汲取淡水，興奮回報說找到金銀寶藏，船長動了私心，捨棄船員。然後，上帝也遺棄這位船長，懲罰他永遠漂泊在海上，無法死去，也無法安息。」

「這個海域水色濃黑，海風帶著腥味。像是地獄的入口，所有罹難船隻的殘骸，全部捲入這片暗礁環繞的漩渦。」福爾摩斯吐出一口濃煙，說：「這就是『黑水溝』，全世界最驚險的海域。」

「唯有連夜續航，不眠不食的信天翁才能飛越。」

一陣陰冷的海風捲過，船帆翻轉，巨浪猛撲甲板，夾帶一股惡臭。

福爾摩斯踉蹌幾步，彎屈腰身。

船隻橫過湍急的墨黑水流，船頭撲上浪湧，船尾瞬間懸空。

「等等，」華生站穩腳步，「船員全部消失，誰講出這個故事？」

「啊，能看見幽靈的人，」福爾摩斯說：「還看到一艘黑桅紅帆的幽靈船。」

風勢稍歇，船隻在繞流的潮水裡原地打轉。

「暴風雨過後，」福爾摩斯說：「傳說中的荷蘭船長踏著月光，走過靜止的水面，晃頭摘下船型帽，取出鹿皮地圖，置入空酒瓶，幽幽地說，應允的寶藏就在鄰近島嶼的洞穴，如果有人願意以靈魂交換，或者，異國女子願以真愛救贖……」

福爾摩斯緩緩吐氣，長串煙霧飄散在海風中。

「這座傳說中的寶山，正在眼前。」福爾摩斯凝視遠方，「除了天賦自然的純金，還埋藏著西班牙人在拉丁美洲搜括的金銀財寶。」

迎面撲來三隻海鷗，繞過船側，尾隨翻白的浪花。

「你是說，這是西班牙人的寶藏，但是出現在荷蘭人的地圖？」華生問。

「對。」

「你怎麼知道？」

「這趟航海經過印度洋與麻六甲海峽，因此我特別選讀《巴達維亞城・東印度事務報告》。」福爾摩斯說：「如果我們瞭解這個海域的歷史，尋寶的樂趣將會大大增加。這個故事的源頭是一六一八到一六四八年的歐洲三十年宗教戰爭。」

【一八九〇年・三月・黑水溝】荷西南北戰爭

朦朧的海平線隱約浮現山影，福爾摩斯拿出羅盤，翻開地圖。

「三十年宗教戰爭最遙遠的戰場，就在前方。」福爾摩斯說：「淡水，以及基隆。」

「當時上帝的子民分為新舊兩派，在歐洲大陸縱橫聯盟混戰廝殺。西班牙與荷蘭是敵對國，戰火從歐洲點燃，反方向繞行地球半圈，延燒到這座島嶼；盤據南方的是新教的荷蘭人，佔領北端的是舊教的西班牙人。」

「根據宗教戰爭學者的研究，宗教的功能有二，第一是賦予戰爭神聖的使命，第二是提供開戰後的心靈慰藉。這個神聖的使命，就是全球貿易的搶先布局。

一六四二那年，島嶼南邊的荷蘭戰船北上，攻打島嶼北端的西班牙人。」

福爾摩斯遙指地平線。

「就在前方河港的入口，有一座西班牙人建立的『聖多明哥堡』，現在當地人叫它『紅毛城』，正是新舊教會在東半球的聖戰堡壘。」

「我看過文獻，」華生說：「決戰地點應該在基隆的『聖薩爾瓦多堡』。」

「嗯，歷史的篇幅有限。因此，必須以鄉野傳說補充正史的疏漏。」福爾摩斯說：「有一種說法是，當年荷蘭戰船封鎖淡水河港，戰敗的西班牙士兵沿著內河撤退，亂軍之中，有人忠心守護西班牙國王的墨西哥銀元，偷偷埋藏在內河的岩洞。這批敗退的西班牙士兵帶著藏寶圖，退入內河，越過一個山頭，躲進基隆港灣的另一個西班牙城堡。多年後故事重演，大明王爺的艦隊封鎖淡水河港，戰敗的荷蘭人也帶著藏寶圖，沿著內河撤退，還是躲入基隆城堡。那張地圖一直隱埋在城堡的地窖，直到被德雷弗斯發現。」

「我有個疑問，」華生說：「西班牙人與荷蘭人為什麼不取回他們的寶藏？」

「因為荷西南北戰爭之後，還有跨海戰爭。」福爾摩斯說：「先是西班牙人敗給荷蘭人，荷蘭人再敗給大明王，大明王又敗給韃靼人。」

「聽起來有點複雜，」華生說：「這個島上到底是住了什麼人？」

「這說起來更複雜，」福爾摩斯說：「今晚，再加上我們兩個蘇格蘭人。」

海岸地貌逐漸疊高，山色轉為濃綠。

「這個寶藏跟隨島嶼轉了好幾手，每次易主，傳說也跟著重新詮釋。每個時代都有人聽信傳說，任性地賭上生命。倖存者自認有權重新繪圖，但是越想越不甘心，就四處添加密碼，因此藏寶圖越來越複雜。」福爾摩斯說：「漂泊的荷蘭人擁有的地圖，只是其中一種版本。據我推測，鹿皮地圖是最精確的原始版本，目前藏在淡水傳教士馬偕住家的地板下。」

【一八九〇年・三月・黑水溝】淡水・觀音山

「地圖最大的功能，是提供想像。」

船隻進入河口，航道縮減，右邊的山形漸漸隆起。

「那年法國進攻淡水，從香港重金禮聘一位領航員。」福爾摩斯說：「這個領航員，就是當年建造淡水港的工程師。防守淡水港的清國將領，為了阻止法國艦隊識途攻入，於是徵調木船，堆放石塊沉入河口。」

「所有的地圖都是古地圖。」福爾摩斯說：「因為，時空一直在變。」

船帆鼓風前進，繞過一個彎道，右側山脈延伸出柔和的稜線。

「地圖上的暗礁或沉舟，高山或溪流，都被壓扁在同一平面。因此，地圖如果沒有立體座標，只能當作想像畫。」

船隻乘著漲潮，緩緩駛入河心，遠方左側岸邊浮現一座黑色樓塔。

福爾摩斯從記事簿取出一頁文件，說：「你看，這是當年法國封鎖這片海域的聲明。」

法國遠東艦隊副司令孤拔將軍在此署名宣告

一八八四年十月二十三日起，法國海軍將全面封鎖福爾摩莎的所有港口海灣，從西到北（北緯二十一度五十五分，東經一一八度三十分—北緯二十四度三十三分，東經一一九度三十三分）。友艦必須在三日內離開，違者將依國際公法處理。

「你有沒有注意到整個座標的偏移？當年法國艦隊的東經一一八度，是以巴黎為中心。因此，這些東經度數必須重新換算。世界的座標中心，當然是倫敦。」

福爾摩斯臉頰膨風，「如果誤解地圖的經緯度，我們勢必誤入大海淘金。」

船隻經過圓錐形的黑色樓塔，塔身懸掛一塊木牌，白底黑字寫著「望高樓」，底下另列一行「北緯二十五度十一分，東經一二一度二十五分」。

「因為時空座標一直在變，所以，地圖再怎麼精確，每到一個現場，還是必須重新定位。」福爾摩斯說：「換句話說，進入新的環境就必須換個角度，重新思考。例如，我們來到東方，一定要入境問俗，瞭解他們的思維方式。」

左岸山丘出現一座磚紅色的建築，鄰座的婦女脫口說聲「紅毛城」，再暗指福爾摩斯與華生，低聲告訴身邊的孩子說：「紅毛番」。

帆船乘著高漲的潮水，駛向左側的水岸碼頭。艙內的乘客起身走向出口，有的肩頂雨傘垂掛包袱，有的肩扛扁擔手抓竹籠。也有人合掌敬拜渡口的廟宇，福爾摩斯握住望遠鏡看去，寺廟大門上方書寫「福佑宮」三個大字。

整個城鎮在淡淡的水霧中浮動，木造的灰暗平房沿著水岸山坡延伸，偶有幾座白色建築。

內河隱入兩側山脈，消失在灰濛的南方。

「淡水，我們到了。」華生卸下背包，穩住腳跟。

「這邊的四月是西方的五月。」福爾摩斯遠望對岸的山形，轉頭注意到有一座白色建築，上方豎立著十字架。

【一八九〇年・四月・淡水】好撒馬利亞人

「書上是這麼說的，『再沒有比宗教更需要推理了，它可以被信仰者推理成一種純正的科學。』」福爾摩斯喃喃自語：「然而，在教堂裡建立信仰很容易；困難的是，在教堂外面以行動實踐理念。尤其是獨自在這麼遙遠的異教國度，以雙腳支撐頭殼裡的信念，一走就是二十年。」

福爾摩斯與華生坐在英格蘭商行的陽台，俯望淡水港灣的街道。低矮的屋頂之中，矗立一座教堂鐘塔。

一隻黃頭鷺鷥飛離沙洲，倒影落入柔和的水波。

「那年離開校園之後，」福爾摩斯說：「我一直流連在愛丁堡的酒館，嘗試酒精與藥物的加成效果。」

（一輛牛車在英格蘭商行的門口停下，車夫卸下木箱，箱口緊貼交叉的封條。）

「就在瑪麗酒館的後巷有一家藥鋪，販賣各種東方草藥，其中一種菸草葉具有神奇的止痛效果，上癮之後才知道，這種來自加爾各答的偏方攙雜罌粟成分。」

福爾摩斯點燃煙斗，緩緩吐出煙霧。

「那時決定前往遠東，而且選擇到貿易行工作。因為，可以就近取得貨源。」

福爾摩斯說：「有一天，我在皇家大道巷內的餐館，注意到鄰桌的一位年輕人。因為這個人過於沉靜，餐館的喧嘩完全無法碰觸到他。」

（車夫卸完貨物，牽著牛車往碼頭方向走去。）

（街道人車流動，有的肩挑雞籠，有的手提魚簍。遠處的廟口推出一輛板車。）

「那時我在餐館裡除了抽煙、喝酒，還有個樂趣，就是看人。」福爾摩斯說：

「我研判這個年輕人剛從加拿大的神學院畢業，渡海到愛丁堡，主要是進修神學課程，而且計畫到遠東宣教……」

「因為他身穿呢絨外套，胸前配戴的荊棘圖徽，正是蘇格蘭自由教會的『焚而不燬』，點菜的口音透露他來自加拿大……」福爾摩斯站起，注視著街道。「新鞋的樣式，顯示他剛從神學院畢業……」

福爾摩斯放下煙斗，打開背包，取出望遠鏡。

「計畫到遠東傳教，是因為他的筆記本封面寫著『印度會話三百句型』……」

（板車轉過巷口，在教堂前方停住，隔壁平房衝出三個人，圍住板車，扶起一位婦女。）

福爾摩斯緊握望遠鏡，專心注視，一位黑鬚男子正抱著老婦人跨上石階，上方門匾寫著「偕醫館」。

「我還記得那個年輕人的名字，」福爾摩斯望著對街，放慢聲調，「這座教堂外牆的圖徽，正是『焚而不燬』。馬偕！事隔二十年，我們又要相逢了。」

【一八九〇年・四月・淡水】偕醫館

纏腳的老婦人躺在床上，左大腿外裹白色紗布。

穿著長裙的女孩站在一旁收拾器具。

「大腿骨折。」黑鬚男子說：「阿婆手持焚香，跌倒撞到廟內龍柱，臉頰還被香炷灼傷。」

「馬偕！你去過那間寺廟？」福爾摩斯大叫，「不然，你怎麼知道裡面有龍柱？」

「這裡所有的廟都去過，」馬偕笑說：「我還收集佛像。」

馬偕走向水槽，洗淨雙手，轉身推開一扇木門。

室內的長桌上放置顯微鏡、地球儀，靠牆的木架排列礦石、藤籠，最上層陳列一排木雕神像。

福爾摩斯低頭注視礦石，石塊的紋理閃爍著金亮的光點。

「這是那裡的石頭？」福爾摩斯側頭看著標示。

「三貂大道。」馬偕說。

礦石旁邊堆疊烏黑的煤塊，紙板標示「基隆・八斗子」。

「基隆，離這裡多遠？」福爾摩斯問。

「坐船走內河河道，大約一天。下個月女學堂的課程結束之後，我們會到基隆。」馬偕說：「再搭船到噶瑪蘭教區，順道送學生回家。」

「啊！」福爾摩斯突然問：「你多久沒回家了？」

「這裡就是我家，」馬偕大笑，「我已經在這邊結婚生子了。」

「我剛到大英領事館就聽到你的事蹟。馬偕，你是我們的榮耀。」福爾摩斯壓低聲調，「但是，我們來思考一個問題。如果這邊發生戰爭，你的家在那一邊？」

馬偕揉搓濃密的鬍鬚，垂頭沉思。

「上次法國在遠東四處開戰，你不是法國人，但是你辛苦創建的教堂卻被這邊的人焚燬。」福爾摩斯說：「諷刺的是，你還救治縱火反被灼傷的人。」

馬偕抬頭直視窗外，眼眶映出水光。

「如果這邊與大英帝國交戰，或者斷交，你的子女會住到那一邊？」

「你愛這裡，」福爾摩斯長嘆一聲，「但是，有人認為他的愛比你的愛更偉大。」

馬偕雙手掩面，兩肩微微抽動。

華生輕推福爾摩斯的臂膀，示意不要再說了。

「法軍炮擊淡水，你還搶救法國士兵。」福爾摩斯繼續說：「你同時醫治戰爭兩邊的傷患，還敞開教堂與住家，分兩個地方安置。上帝知道你站在祂那一邊，可是，開戰的雙方都認為你站在敵對的那一邊。」

馬偕抱住頭顱，全身抖顫。

「見義人受苦，乃志士所不忍睹。」福爾摩斯說：「還記得那個腿部中彈，躲到你家的法國少尉嗎？」福爾摩斯說：「他知道你受了委屈，託我送這個過來，向你致謝。」

福爾摩斯從口袋取出黃澄的金塊，說：「奉獻給教會。」

馬偕抬頭，顫動伸出雙手，抱住福爾摩斯，崩潰出聲。

「他說，那時遺落一份文件，掉入你家的地板下。」福爾摩斯貼近黑鬚裡的耳朵。

馬偕揉擦眼鼻，走向長桌，取出抽屜底層的黑檀木箱，拿出一張枯黃的皮紙。

「這是戰後整修木樓發現的，」馬偕的聲調恢復平靜，「應該還給那位法國志士。」

【一八九〇年・四月・淡水】紅毛城

「左下角的『1662』是地圖的製作年代，製圖者是住在這座城堡的荷蘭人。」

福爾摩斯與華生坐在磚紅色城堡的水岸陽台，望著出海口。

「他在光線不足的地方趕製地圖，因為右上角的斑塊是蠟油滴上未乾的墨汁。」福爾摩斯說：「蠟燭放在右側，他應該是左撇子。地圖沒有標示座標，每座山都一樣高，這是一張後製的回憶地圖，而且是在室內連夜完成。但是他在回憶什麼？一六六二年的荷蘭人在回憶什麼？離開這個島嶼之前，什麼事值得他點燈徹夜留戀？」

福爾摩斯雙肘頂住桌上的地圖，抬頭比對鄰近的地貌。

對岸的山形柔和，有如女子素顏的側面剪影。

「擔心最刻骨銘心的，被時間遺忘。」福爾摩斯閉上雙眼，「所以繪製地圖，回憶過去，也預約未來。為未來的重返，留下備忘。」

海風越過花台，掀動地圖邊角。

福爾摩斯伸手壓住風勢，轉頭看向南方。

「如果從北邊往南走，通常俯視角度是南邊在上，跟一般指北的地圖方位正好相反。」福爾摩斯說：「為什麼往南走，因為船隻可以沿著這條內河向南，航到一個山丘，轉向東方，繞過幾個河灣，可以到達基隆海港的後山。這就是淡水到基隆的內河通道，也是西班牙時代『聖多明哥堡』與『聖薩爾瓦多堡』之間的交通捷徑。」

「河道轉彎的地方有個山丘，叫作『馬納特森林』。」福爾摩斯指著地圖中央，「繪圖者走入內河，特別停留在這座山丘，還加註圖案：錐狀的山嶺、陡斜的洞穴。

不多留文字，像是不想讓別人知道；留下圖案，又像是害怕被自己遺忘。」

微風輕拂，河面翻出眨亮的眼睛。

「一座完美的城堡，不僅需要銅門鐵壁、護城河溝，還必須有一條祕密通道。」

福爾摩斯站起，望著緩緩流動的河水。遠方一艘三桅帆船悄悄駛離河口。

「這條祕密通道，守衛的士兵通常不會知道，」福爾摩斯說：「只供長官在戰到一兵一卒時遁逃。」

一陣勁風吹過，河面波光竄射。

「剛到淡水那天，厚黑的雲層尾隨帆船進港，入夜後颳起寒風，我們借住在城堡大廳，圍著壁爐取暖。因為添加木柴太過頻繁，我注意到爐火燒得很猛，壁爐底下彷彿有股氣流。」福爾摩斯說：「因此，拿到地圖，我特別留意這座城堡的標示。」

福爾摩斯指著地圖右下角。

「就在護城河的內側，有一條斜線連到河邊，像是可供行走的坡道，因為最上端描繪出階梯的形狀。」福爾摩斯說：「上周豪雨過後，我沿著護城河走了好幾遍，周圍並沒有找到滲水的漏洞，四周泥土也沒有鬆垮。因此，地道在護城河內圍，入口應該就在城堡壁爐的下方。」

【一八九〇年・四月・淡水】關渡門

「地道的入口就在城堡大廳的壁爐底下，」福爾摩斯對華生說：「出口在北邊的山溝。」

舢舨繞過山丘，福爾摩斯指著城堡下方的峭壁。

山頂的大英帝國旗在海風中鼓脹飛揚。

「那天我們進入大廳，藉口支開助理領事，合力掀動火爐底板。」福爾摩斯說：「我躲入爐板底下的階梯，仔細聽著領事館員與你對話，確定他沒有起疑，就開始向下爬。」

舢舨順著漲起的潮水緩緩南行，河面漸漸縮窄。

「最初的通道僅容一人通行，石階下方有個洞穴，光線無法照入，」福爾摩斯說：「我點燃油燈，注意到下方有個木門，搬開門架上的橫木，輕啟門縫，竄來一股涼風。門外的石壁走道密布蜘蛛網，底層潮濕，蔓草叢生，繞過一個斜角，滑下坡道，空間縮小只能爬行，右側石壁有處凹陷，裡面安置一塊石頭，我順手拿起，注意到石塊底面的紋路，翻看像是祕道的導引地圖，正擔心找不到出口，前端突然亮出微光，隱約傳來淙淙水聲，急忙前行，撥開擋光的土堆，洞外一串水流俯衝而下。我連翻帶滾，順著水流滑下陡坡，跌落山腳下的泥坑，跨過河溝才爬上岸。」

「你的枴杖呢？」華生問。

「離開濕冷多霧的倫敦，我的關節疼痛全消失了。」福爾摩斯仰頭望著碧藍的天空。

舢舨繞過左側山頭，前方河岸掛曬漁網，幾艘小船停泊在沙灘，隨著逐漸上漲的潮水晃動。養鴨人手持竹竿，趕在潮水高漲之前，將沙洲上的鴨群逐入竹圍。

「我在岸邊遇到一位垂釣的老人，他帶我到鄰近船屋，介紹一位略懂英語的船夫。」福爾摩斯看向船頭，「向他預約了這趟內河旅行。」

微風輕吹，舢舨穿過關渡門的狹窄水道，眼前展現寬闊的水域。

「鹿皮地圖標示的神祕地道，出現在淡水城堡；地圖上的另一個神祕地洞，就在前方的山丘，馬納特森林。」

福爾摩斯坐直身軀，遙望朦朧的南方。

【一八九〇年・五月・大龍峒】三個說書人

「我與馬偕在淡水重逢，看似偶然，其實早已註定。因為，那個年代的日不落帝國流傳一句話：槍炮與宗教是進入東方的捷徑。」福爾摩斯說：「那時候，維多利亞港各色旗幟飛揚，多方勢力都在碼頭調度軍火與傭兵。」

福爾摩斯與華生坐在廟旁麵館的樓台，看著街道人潮來回湧動。

（廟口廣場人群逐漸聚集，擠坐戲台前的板凳。）

「抵達香港那年，太平天國王朝已經結束。」福爾摩斯說：「但是商行仍然供應火炮給天王的殘餘部隊，走西江水路轉四川。另一方面，商行也販賣槍彈給清國官軍，經長江水運還是到四川。當時孟加拉步兵團為了減輕移防的運費，轉售舊型的槍炮，包括滑膛槍、來福槍、雷管，全部進入內陸。」

（戲台的布簾開啟，走出一位頭戴瓜皮帽的男子。）

「也有西方人胸懷宗教熱情，投入戰地，從事醫療扶助，但是多年後出現在擺花街的酒館，沉默終日，只在酒醉時抱著頭說，恐怖啊，恐怖。」福爾摩斯緊握茶杯。

（「……各位鄉親，這是一個特別的日子，」戲台男子說著另一種語言，「我們捨不得劉巡撫，他大病初癒，但是朝廷要將他革職留用……」台下一陣鼓譟。）

「彷彿是說，不曉得畢生的努力能夠改變什麼，」福爾摩斯說：「像是船都快沉了，不去搶抱浮木逃生，還忙著扶正桌椅。所以，淡水那位傳教士，是個異類。」

福爾摩斯仰頭看著天空，沉靜片刻。

「與他熟識，是因為當年在愛丁堡，我住的地方屬於他的實習教區。有一天他特地等我酒醒，帶我到鄰近的煤礦場，說了一句話，我至今記得，他說，這些童工應該有更好的處所。這就是二十年後，我們在淡水看到的女學堂。」

（「……劉巡撫造福百姓，政績輝煌，當年在滬尾擊退西洋番，」戲台男子跨步向前，「法蘭西的無敵艦隊都是他的手下敗將……」）

福爾摩斯轉頭，注視戲台。

「台上提到西洋番，」福爾摩斯說，「這場戲與我們有關……」

（「……這些西洋番的阿公，」戲台男子說：「少年時代曾經跟隨拿破崙到俄羅斯，也是輸到脫褲。今天這齣戲演出《法蘭西敗走滬尾》，選一段《一八一二序曲》來配看嘜，這是俄羅斯音樂家紀念『法蘭西敗走莫斯科』的作品，已經請示田都元帥與西秦王爺，將曲名改為《滬尾一八八四序曲》，一開始的混聲合唱由本地誦經團現場演出，注意聽，牛皮鼓咚咚敲開序幕，二胡細說西洋的炮彈逼近，木魚叩叩代表艦隊逐浪挺進，法國號的部分以嗩吶代替，當音階逐漸拉高，啊，西洋番正搶攻沙崙，當尾音拉長變弱，嘿，西洋菜鳥兵正好掉入紅樹林的泥淖。限於本地戲團的配備，長笛與雙簧管的獨奏章節，將以人聲模仿。在此，特別感謝醒獅團義助黃銅巨鈸，廟方出借獨木大鼓，取代終曲樂章的加農炮。」戲台男子摘下瓜皮帽，深深一鞠躬。「感謝各位，節目正式開始。」）

「福爾摩斯先生，你還記得我嗎？」船夫坐在後方，說著特殊腔調的英語，「當年在香港，向你購買火藥。」

（戲台上鑼鼓大作。）

「我是最後一個太平天國人。那天在船屋見面，就認出是你。」船夫說：「同袍在四川全軍覆沒，我卻困在香港無力支援，只因為價錢沒有談攏。」

「原本不想相認，後來，你的衣服掉出一塊石頭。念頭一轉，決定弄清楚你為什麼出現在淡水，」船夫說：「因為，那個石頭的刻紋，與這邊土地公廟的石頭紋路完全一樣。」

【一八九〇年・五月・大龍峒】保安・石頭公

廟口的人潮散去，杏仁茶攤老闆收起矮凳。

福爾摩斯與華生跟隨船夫走進一座古樸的寺廟，廟門匾額直書大字「保安宮」。

東側廟門外走十步，有一座小廟，大約半個人高，廟前香爐輕煙繚繞，裡面供奉一顆大石頭，正面密布刻紋。

「大廟旁邊為什麼有一座小廟？」福爾摩斯站在石頭公廟前，「還是說，小廟旁邊有一座大廟？」

福爾摩斯走向石頭公廟北邊，低頭探看一口水井。

「根據本地傳說，」船夫說：「這口井與保安宮內庭的那口井是『龍』的雙眼，護著龍鬚一路延伸到淡水河汲水。」

「龍頭，就是那座龍峒山。」船夫指向東邊一座圓形的山丘。

「這對龍鬚很特別，冬至那天露出右邊的龍鬚，夏至露出左邊的龍鬚。」船夫說：「有一年冬天，天還沒亮，我從岸邊走過來，注意到太陽正巧從龍峒山的北端升起；我記得那天是冬至，因為早晨吃過湯圓。第二年夏至，一早站在相同位置，絲毫不差，太陽從龍峒山的南端升起。」

「日晷！」福爾摩斯說：「就像英格蘭的史前巨石陣。」

福爾摩斯繞到石頭公廟後方，望著圓形山丘。

「以石頭定位，觀測太陽出現在圓山的位置，是在制定曆誌，」福爾摩斯說：「圓弧上的刻度，就是年曆標示的日期。」

「春分與秋分那天，太陽出現在山巔。如果以箭頭表示太陽的移動方向，弧線向右表示漸入夏天，向左表示進入冬季。」福爾摩斯說。

「春分那天，站在這裡，可以看到大熊星座從北方升起，指向北極星。但是這裡到淡水，只有一條水路。需要用到北極星，應該是出海的指引。」福爾摩斯說：「如果圓弧用來標示日期，那麼另一面的紋路代表什麼？春分在此祭拜土地祖靈，繞過淡水的山丘，航向大海？」

福爾摩斯拿出紙筆，拓印石塊的紋路。

「你驚動了石頭公。」

福爾摩斯回頭。

戴瓜皮帽的男子站在後方。

「他說什麼？」華生問。

「他說，這條龍被吵醒了。」船夫說。

福爾摩斯站起來，轉頭望向東邊的龍峒山。

【一八九〇年・五月・大龍峒】龍峒山

「整片山壁，都是龍頭的鱗片。」船夫說。

福爾摩斯爬上斜坡，撥開蔓草，地面出現層層堆疊的灰白殼片。

「貝塚！」福爾摩斯驚呼：「這不是龍頭的鱗片。」

華生後退一步，仰頭張望，輕風拂開垂掛的草蕨，地表露出的全是貝殼殘片。

福爾摩斯撿起一個手掌大的貝殼，擦拭泥巴。

「厚厚好幾層的貝殼，甚至壓在大樹的樹根底下。」

三人沿著陡坡斜徑，爬上山頂。

山上岩塊堆疊，藤蔓草蕨叢生。北邊是陡峭的懸崖，底下河水向西奔流。

「馬納特森林？」福爾摩斯喃喃自語：「古地圖的河邊有一座森林山丘，難道就是這裡？」

福爾摩斯攤開鹿皮地圖，比對地形。

河水從東方緩緩流來，在對岸繞出一彎深潭。

「地圖上的森林位在河流的右岸，現在這座龍峒山卻在河的左岸。」福爾摩斯說：「『馬納特森林』是在對岸？或者，河川改道？」

福爾摩斯轉置羅盤，測量淡水河口與龍峒山的相對方位。

岩石地面有個方形的凹陷，大約十公分深，鄰近還有四個凹洞，以等距排列成方形。

「這是木屋的地基。」福爾摩斯說：「岩地的凹洞用來固定木柱，等距的木柱支撐搭蓋屋頂。」

「可是，房屋為什麼要蓋在這裡？登高監視往來的船隻，或是導航的指標？」

福爾摩斯站上高崗，眺望群山環繞的盆地地貌。錯綜的水路在沖積平原上蜿蜒流轉，船夫解說，東方湧來的是基隆河，南方湧來的是淡水河，兩條河流匯集在山丘的西側，再一路向北流入大海。

福爾摩斯取出望遠鏡，沿著河流瞭望。

青色的山脈從東北方綿延過來，潛入基隆河底，再鑽出地表，形成這座龍峒山。對岸山壁陡峭，河水與風勢都在那裡轉彎，風化的石壁縫隙迎風喀喀作響，峭壁下方的潭水墨綠，潭底隱隱閃著微光。福爾摩斯屏息握住望遠鏡筒，聚焦穿透波動的水面，看到一座十字架傾斜插入河底，十字架中央的鑲石正巧映出天光。河流湧入山壁間的狹窄水道，上漲的潮湧又將河水推回深潭。

福爾福斯走近北邊的懸崖，成群的蝙蝠從底下飛出。

「下方有個洞穴。」福爾摩斯說。

【一八九〇年・五月・大龍峒】番字洞

龍峒山北邊岩壁陡直，壁面布滿藤蕨苔蘚。

福爾摩斯站在懸崖下方的石階，湍急的河水撞擊聳立的峭壁。

「華生，可以下來了。」福爾摩斯腰綁藤索，抬頭揮手。

華生雙手攀抓岩壁，跨越崖邊，垂降而下。

福爾摩斯協助華生站穩腳步，轉身指向峭壁上方的石刻文字。

Santo Domingo ……

……1628.9.21.

「聖多明哥堡，一六二八年。」福爾摩斯說。

華生撿起枯枝，清除岩壁上的泥土草蕨。

「皇天后土，海洋萬物，眾人見證。」福爾摩斯念道：「行政長官凡德士，在這個不曾奉行耶穌基督的地點，豎立這座以其生命救贖世人的十字架。奉最高教宗烏爾班八世的允許，奉我主西班牙國王腓力四世的命令前來，奉最神聖的三位一體名義，領有這座島嶼，以及鄰近不為人知之地。享有教宗聖座與國王陛下合法判歸於發現者與防衛者的所有權利。最後，我宣布領有這個名為卡斯提羅的海灣及內河，其港口將建立一座稱為聖多明哥的城堡。一六二八年九月二十一日。」

「西班牙人豎立的十字架在那裡？」福爾摩斯說：「山頂的最高處？西班牙人當年又住在那裡？」

輕風拂過低矮灌木，石壁下方隱約露出洞口。

福爾摩斯脫下外衣，罩住頭肩，手握煤油燈，彎腰走入。

一群蝙蝠急飛奔出，福爾摩斯蹲下閃躲。

石洞斜坡向上，岩壁潮濕，水滴匯入坡邊斜溝。坡道上端連通一處寬闊的石室，上方的通風口微微透出天光，福爾摩斯仰頭看見錐形的尖石。石室壁面刻畫鳥獸花草以及幾何圖案，旁邊附加阿拉伯數字與橫向書寫的羅馬字體。福爾摩斯嘗試閱讀，卻無法理解。

拓印圖案之後，福爾摩斯與華生攀岩返回山頂。

【一八九〇年・六月・暖暖】最後的擺渡人

「閱讀古文獻，最難理解的不是內容，而是地名。」福爾摩斯說：「因為，古書沒有地圖座標，相對位置只能想像。」

舢舨繞過彎曲的河道，潮水上漲的推力漸漸減弱。船夫收起木槳，換上長篙撐入河心，緩緩溯航。

「對地名最瞭解的，在倫敦是馬車夫，在這裡就是船夫。」福爾摩斯說：「但是，地名常隨政權更改，語言經過一個世代之後，腔調就開始變化，百年之後，就認不出原貌。像是書上提到的內河藏金地點：高籠（Cauwlangh）、基馬武里（Quimoure）、哆囉滿，古書裡的地名沒有標示方位，測量距離也沒有標準單位。」

鉛藍色的水鳥輕快地在岸邊石塊上擺尾跳躍。

河道縮窄，水位落差拉大。福爾摩斯與華生下船，協助船夫拉抬船隻，越過湍流。

舢舨在曲折的淺水河床緩慢航行。

一隻飛鳥停歇在船舷，福爾摩斯伸手一抓，抽出腳環裡的紙條。

「哈，這隻信鴿認錯人了。」福爾摩斯說：「這封信是寄給英格蘭商行的。信上說，下一季的樟腦產量，預估是去年同期的十倍。上游山頭的樟樹已經砍下，就等夏季的暴雨，沖流到下游的水潭。信上還提醒，訂購蒸樟機器，搭第一班火車運入深山。」

「信鴿傳遞，就是搶先商機。」福爾摩斯笑著說：「這批英國商人傳承了當年東印度公司的經商訣竅。」

華生接過信紙，寄信人署名畢麒麟（Dodd Pickering），地點「暖暖·壺穴客棧」。

【一八九〇年・六月・暖暖】壺穴河岸

「書上提到的『距離淡水一日半』，大約就是這裡。」福爾摩斯跳上河灘岩石，舉起望遠鏡沿岸搜尋。

上游河床裸露壺狀的凹穴，夕陽斜射，水花閃著金光。

緊臨河口的街道上人群來往，有的背架竹籠，肩挑菜籃，手提蝦蟹魚簍。街道兩旁商家緊密相連，草鞋店、中藥行、打鐵鋪，再過去有一間客棧，屋頂覆蓋茅草，外牆塗敷黃土。福爾摩斯與華生走入客棧，點選晚餐。

入夜後空氣沁涼，蛙鳴與蟲嘶在河谷起落迴盪。遠遠傳來人聲合唱，福爾摩斯探頭遠望，一列燈火沿著山坡小徑緩緩走下。

讚美歌聲越唱越近，火光搖晃映出一綹黑鬍。

「馬偕，」福爾摩斯笑說，「又是你。」

福爾摩斯隨著馬偕一行人來到渡船頭，圍住岸邊篝火。

「……主賜平安。今天這一路的青山綠水見證主的恩賜。」馬偕低聲禱念，「明天將過三貂嶺，轉小船到噶瑪蘭。啊，我一生的歡喜攏在此……」

三兩船客輕步聚攏。福爾摩斯注意到人群中有個西方面孔。

「你好。」西方男子走近福爾摩斯，微笑說：「容我自我介紹，我是畢麒麟，服務於英格蘭商行。」

兩人握手寒暄。

「商行的人告訴我，你也在這裡，」畢麒麟拉動胸前的獾皮袋，「有件事，不知道你有沒有興趣。」

「五年前，法國軍隊佔領對面山丘，隔著這條河，與清國士兵對打……」畢麒麟壓低聲調，「聽說，你替法國人尋找戰爭的失蹤人口。我在對面的廢棄礦坑發現一些衣物，上面寫了一些法文……」

「……你必不害怕黑夜的驚駭或是白天的飛箭。」馬偕仰望隔岸山脈，聲音隱入濃染的夜色，「領受天父恩澤的萬民，將以喜樂的聲音歌唱……」

【一八九〇年・六月・暖暖】月眉山煤礦

「當年法國攻打基隆，目標是這裡的煤炭。」畢麒麟說：「因此，清國撤退前先炸毀煤井。」

「戰後重新開採，但是煤炭產量已不如從前。最近又為了經營模式，採礦陷入停擺。到底是要官辦商營，或是官商合資，政策一直在變。」畢麒麟眉頭緊皺，「最近的公文依然不置可否，只提到要革職辦人。」

穿過攔腰的草芒，山路盡頭出現一個礦坑，畢麒麟移開坑口的土磚，撿起一個壓扁的鐵質方盒。

福爾摩斯接過方盒，取出盒內的泛黃書本，封面橫印書名「Germinal（《萌芽》）」，作者「Émile Zola（左拉）」。

「礦區的故事，」華生說：「我在倫敦讀過這本小說。」

「這是一個餐盒，」福爾摩斯注視盒底，「盒內還有麵條殘渣。」

「這個人喜愛讀書，邊吃邊看，還留下標記。」福爾摩斯翻看內頁的夾紙，念著：「地底七百公尺處，一種低沉、規律、連續的……」

「還沒有寫完。」福爾摩斯說：「應該是用餐之後，寫到一半，匆匆放回。」

華生接過枯黃的薄紙，看著娟秀的筆跡。

「……雲雀高唱，晨靄中雲朵微紅，漸漸融入清澈的藍空……」華生念道。

「底部有個彈痕，這位法國兵中彈了，」福爾摩斯指著方盒側面，「這個汙塊是他的血漬。」

福爾摩斯將書本遞給華生。

華生翻開書頁，放回薄紙，注意到摺痕內頁有一段畫線的文字。

「……如果達爾文是對的，那麼，這個世界只是一個戰場，一個以種族的優越與延續為藉口，進行弱肉強食的殺戮戰場？」

華生收起書本，仰頭看著高低起伏的山脈。

【一八九〇年・六月・暖暖】獅球嶺隧道

「越過這個山嶺，就是基隆。」福爾摩斯遙指山頂。

華生喘氣跨上石階，走入涼亭。

「鐵路開通之後，就不必這麼辛苦了。」福爾摩斯拿出望遠鏡，俯瞰山腳下的彎曲河道。

一位工人正在河邊清洗餐盒，河岸散置鋼軌鐵條，一群工人奮力敲打岩壁。

「這段鐵路最困難的，就是底下的隧道。」福爾摩斯說：「從兩頭開挖，內部並不一定能夠連通。羅盤可以指引方位，但是難以掌握海拔高度。」

華生抹去汗水，打開水壺。

「限於山谷的地形，隧道北口較南口高，又必須連接港邊的車站，因此北口的下坡陡峭。」福爾摩斯說：「為了避免山洞積水，隧道中央必須較高。因此，隧道兩端都以仰角向上挖。可是兩邊要如何會合？」

「我有話要跟你說。」華生看著福爾摩斯，說：「我想要離開了。」

「雙方的角度都有偏差。」福爾摩斯閉上眼睛，「當初選擇從山谷兩邊開挖，因為距離最近。」

「我不想再跟著你了。」華生說。

「事情可以解決。」福爾摩斯緊閉雙眼，「只要隧道北口的地面再往下挖三公尺，下坡就不會太陡。以鏡面折射陽光進入隧道，就能以圓弧銜接。」

「福爾摩斯！」華生說：「那一夜，我與馬偕牧師談了很久。他知道我曾在孟加拉炮兵部隊服役，他說，當年學的三角測量與爆破技術，正好可以用在這邊的採礦工程。」

「也許這個島嶼真的有黃金，」華生說，「但是我想換另一種形式尋找。」

福爾摩斯轉身，獨自走上山路，越過嶺頭，眼前展現寬闊的海面，浩浩湧入險山峻谷的基隆港灣。

【一八九〇年・七月・基隆】金雞貂石人

從此只能自言自語，福爾摩斯說。

所有的思緒只能埋入內心的深井，或將意念懸掛在曠野的枯枝。如果打開風櫃仍然無法吹散，就把深井當作是唯一的交談對象，靜靜等待回音。

呃，或許，酒醉後就聽得懂所有的語言。

（港邊的廟前廣場鐃鈸喧騰。兩座巨形人偶怯怯對舞，身材瘦長的那位頭戴高帽，矮胖的那位手搖鵝毛扇，兩人款擺腰身，擦肩閃過，空洞的衣袖凌空碰觸，但又瞬即甩開。瘦高的大布偶乍吐長舌，凝望著矮胖的同伴，顛步向前，再度錯身閃過。）

福爾摩斯沿著海岸，來到二沙灣的法國軍人墓園，穿過羅列的墓碑，找到一塊斑駁暗灰的石座。

打開方盒，拿起書本，福爾摩斯撫摸著扉頁上的簽名，對照墓碑上鏤刻的名字——海軍陸戰隊上尉吉卜齡（Pierre Kipling），一八五五—一八八五。

福爾摩斯抽出書內的枯黃薄紙，輕聲念著：「Oh, East is East and West is West, and never the twain shall meet, Till Earth and Sky stand presently at God's great Judgment Seat;...」

（敕令本境東界西址，無主孤魂，齊赴孤筵，聞經受度。廟前廣場走出一列隊伍，前導的祭司手持幢旛，長條的黃布飛舞。眾人尾隨，手捧雪白的水燈。）

「...But there is neither East nor West, Border, nor Breed, nor Birth,...」

（四方遊魂不論來自西洋艦或戎克船，黑水溝或太平洋，不分漳泉潮汕或是紅毛番，也不計家世血緣或者轉世投胎，祈求水燈普照，接引各路孤魂上岸。）

「...When two strong men stand face to face, though they come from the ends of the earth!」

（遠處搖擺走來兩座巨形布偶，瘦高人偶伸出無骨的衣袖，緊摟著矮胖的肩頭，突然側身旋轉七步，兩人面對面，企足凝視，趨前再度相擁。）

入夜後，海風颼颼，旌旗飛揚，主普壇燭火高掛，照亮「金雞貂石」四個大字，漲滿銀光的圓月從東方升起。

【一八九〇年・七月・基隆】中元夜

福爾摩斯坐在墓園角落仰頭暢飲，酒嗝混雜瘋語，呃，很久沒有喝得如此暢快了，墓園內外的弟兄們是不是都已酣睡？

（抖落瘦骨的塵灰，啊，很久沒有聽到竹葉摩挲的聲音了，廟口的燈篙是不是已經豎起？循著淡淡的焚香，飄過開啟的龕門，沿途呼朋喚友，共赴主普壇的流水筵席。今夜月光燦爛，旗幟飛舞，哈，四方的遊魂都已到齊。）

（抹去眼角的水珠，嗯，很久沒有看到這般明媚的月色了，中元的潮水是不是已經湧來？沿著漫流的水燈，來到冥河的渡口，招呼眾姐妹們，濃妝潛入通宵的燭光舞宴。今夜月光燦爛，水波盪漾，啊，遠近的水魄都已上岸。）

呃，你知道，這個城市有座老大公廟位在本地的蒙馬特山丘，約略就是聖心堂的位置，站在廟前石階，越過相對於紅磨坊的街道，遠遠望向二沙灣，就是這座法國陣亡戰士之家，這處居所沒有鑲金圓頂；但是夜裡浮起薄霧，幽靜的氣氛彷若「拉雪茲神父墓園」，樹梢舞動月光，枝葉凌空輕觸，月影飄落又輕巧甩開，像是兩只無骨衣袖的含情對舞……不，墓園的角落傳來岔岔私語，是長辮子的營兵先點燃火炮，浪花彈落海面，然後，滿頭白髮的艦長拔出佩劍，振臂一揮，炮口彈出煙霧，山坡平房炸成瓦礫，塵墟衝出一個孩童，只剩一隻手臂，遠遠地，另一隻手臂從海面浮起，掙扎拍打水波，轉眼與船艦一起沉沒。

福爾摩斯跨過婆娑的樹影，走出半掩的墓門，醉臥沙灘，遠望水天，月夜銀空平靜如鏡。今夜月光燦爛，美酒佐以英詩，嗯，四方的遊魂都已安息。

【一八九〇年・七月・基隆】等待中的諸島

「昨天夜裡，我被一種奇怪的聲音驚醒……」

「烏雲遮去中元的滿月，漆黑的海面傳來一種怪聲，時斷時續，隨著海濤起伏，像是海豚低語那般尖細，又柔弱有如人魚歌唱……」

「舉起火炬，遠處波濤躍出黑影，又迅速沒入湧浪……」

「向媽祖借膽，我才認出那是一條船……」

福爾摩斯被說話聲吵醒，張開眼睛，起身望著墓園欄外。

海灘停泊一艘獨木舟。

「船緣掛著一副乾枯的人形，我大聲呼叫，沒有反應……」說話的男子摘下斗笠，拿著毛巾擦臉。

「伸出木槳，觸拍船身，那個人形緩緩豎起，露出骷髏般的臉，靠近一看，船底還躺著兩個人。」斗笠男子說：「把他們接到大船。喝了水，一開口，就知道語言完全不通，說不清從那裡來，也不知道在海上漂流了多久。吃過食物，他們輪流比畫，像是住在很遠的島上，出海遇到颶風，糧食都吃光了，又找不到方向，直到昨晚看到烏黑的海面漂過水燈，就一路追著，來到基隆的外海。」

木舟旁邊坐著一位深色皮膚的鬈髮男子。

福爾摩斯走近木舟，注意到裡面有一支酒瓶，標籤寫著英文字：「新南威爾斯。」

木舟裡還有一個藤枝編成的圖架。

「為什麼這樣眼熟？」福爾摩斯拿起藤架，喃喃說著，「竟像是石頭公的紋路。」

【一八九〇年・七月・基隆】社寮島

「山頂上也有一艘同款的獨木舟。」斗笠男子說：「那年我剛滿三十歲，這裡發生大地震，雞籠沿海山崩地裂，海水先是退去又急速暴漲，房屋雞犬被捲入海中，木船魚蝦卻爬上陸地。」

「最離奇的是沖上社寮島山頂的那艘木舟，外形完整無缺，不像是海邊沖上岸那般破碎，反而是完整地，像是王船一樣，恭奉在最高的山頂。」斗笠男子說：「而且這幾年，不管怎麼風吹雨打，不動就是不動。」

斗笠男子帶著福爾摩斯走上山頂。海風拂過齊肩的草芒，眼前出現一艘長型的木舟，矗立在錐形的山巔。

「曾經有人想要劈開船身，可是走到山頂就離奇消失。」斗笠男子停下腳步，「故事越來越離奇。後來，海邊出現一位黑鬍鬚的西洋傳教士，他會說我們的語言，有一天講起『諾亞方舟』的故事，大家就相傳：山頂的木舟是在預告下一場的洪水。」

福爾摩斯遠望山頂的木舟，蹲低撥開草叢，表土露出深陷的坑窩，細沙滾入，又立即填平，伸手再挖，碰觸到交疊的木板，敲拍傳來咚咚的回聲。

「下面是個洞井，」福爾摩斯說：「那年海嘯，推擠洞裡的海水，衝破這個通風口，也沖出木舟。底下很可能是一個洞穴碼頭，就像傳說中的神祕海洞，坑道口低於海平面，大退潮時才能進出。」

移開堆疊的木板，地表露出一個洞井，福爾摩斯以煤油燈搖晃探視，深不見底，擲石測試，久久傳回噗咚的水聲。斗笠男子協助福爾摩斯綁上藤索，垂直吊入洞井。滑下陡坡，一陣涼風掠過腳底，風中的鹹味轉濃，煤油燈轉個方向，映照出巨大的石窟海洞，幽黯的水面漂浮幾艘破舊的木船，岩石岸邊斜置一座鐵箱，福爾摩斯擺盪藤索，搖晃落地，提起油燈翻看，箱內空無一物，箱蓋內面鏤刻幾個大字——Der Holländer。

福爾摩斯抬頭長嘆，聲音在空曠的海洞裡迴盪。

岸邊石階連接一道鐵門，福爾摩斯奮力拉開，滾落一地碎石，門後階梯直通一扇木門，用力外推，砂塵湧過門縫，出現一間蛛網覆蓋的石室，跳上石階轉過一道土牆，牆邊爐灶堆積厚灰，爐旁木架傾斜，天窗露出微光，福爾摩斯爬上窗口，窗外一座炮台，連接巨石堆砌的厚牆。

「聖薩爾瓦多城堡！」

「這裡是城堡的地窖，」福爾摩斯說：「就是法國士兵發現鹿皮地圖的地方！」

福爾摩斯走出地窖，對著大海再三長嘆，聲音沒入海濤。

【一八九〇年・八月・深澳內山】明治維新人

「你有沒有聽到華生辭職的消息？」畢麒麟問。

福爾摩斯喝下一口烈酒，轉頭看向窗外。

台車裝滿亮黑的煤塊，排列停靠月台。

「這裡的大老闆要換人了。」畢麒麟打開獾皮袋，取出一張文件。

福爾摩斯放下酒杯。

議奏劉銘傳　辦理台灣礦務種種紕繆

臣等竊訝劉某詞意支離。朝廷前旨禁用洋人，何以又用洋人總管礦務工程？

其可疑也。商有權而官無權，此必不可行者一也。基隆為台灣門戶，今修築碼頭，使商輪可入內停泊。萬一海疆有警，敵軍巨艦皆可長驅直進！此必不可行者二也。

總之，可疑者三，必不可行者五。

「其實，反對只需一個理由。」福爾摩斯說：「理由越多，表示越需要掩飾。」

「這裡的千年官場文化流傳一個重要的經驗，就是防弊。」福爾摩斯打個酒嗝，「只要一處可疑，萬事皆不可行。當萬事皆不可行，國王的人馬就會傾籠出柙，以祭司之名宣達神諭。最後，弊端出現在權力核心。」

「你認識國王的人馬？」畢麒麟摘下皮帽，向櫃台招手。

鄰桌的客人也同時抬頭。

老闆提著酒壺走來。

「當權的人一直在變，但是，處事的原則通常不變，就是貪婪。」福爾摩斯說：

「那年在香港商行工作，早已熟悉這裡的採購原則。英鎊匯率起伏不定，換算中國銀兩，不能預知確實數目，經辦人往往買低報高，賺取價差。而且，廠商提供借款，明訂利息六釐，每百實收九八五，仲介雙方中潤對分。因此，洋務採購是項肥缺，有位清國官員經辦多年，已累積百萬英鎊，還可私下借給日本人購船。」

「我知道你指的是誰。」畢麒麟說：「這個人在英國採辦兵船，去年因為帳目不符，被叫回來對帳。」

「諷刺的是，」福爾摩斯抹去嘴角的酒沫，「查帳之後，這個人返京參加科舉考試，同時向朝廷內的父老高官告狀。結果，要求查帳的人反而必須去職。這個國家效法明治維新，派人出國學習洋務；但是，出國辦洋務的人，卻在國外準備科舉考試，你想他會認真嗎？」

鄰桌的酒客突然大叫一聲。

福爾摩斯回頭一瞥。

畢麒麟側身問：「那個人怎麼了？」

「真是太不公平了。」鄰桌的年輕人說話帶著嶺南口音。

「梁兄，請息怒。」長辮子的同伴低聲勸拉。

「這次京師會考落榜，」年輕人滿臉脹紅，大聲說：「整個教育制度出了問題！」

「若非在上海購得《瀛環志略》，」年輕人拉高聲調，「我，梁飲冰，博覽群書十年，還不曉得這個世界有五大洲。若非在此親睹蒸汽火車，還不知道家鄉煤炭的妙用。」

年輕人轉頭，看向福爾摩斯這桌。

「遍讀古人經書，卻無法與現代人溝通。」

年輕人舉杯一飲而盡，拂袖離去，同伴緊追在後，櫃台老闆也跟著衝出。

福爾摩斯拿出望遠鏡，看著年輕人躍過鐵軌，奔向大海。

遠方的海岸還有兩個人影，一人奮力拋甩魚竿，另一人大步跨過沙灘。

年輕人奔到海邊，振臂捶胸昂首嘶吼。

「少年人如白蘭地酒，老年人如鴉片煙。」福爾摩斯斟滿酒杯，「清國的希望在少年。但是，少年不教育，長大還是吸鴉片煙。」

海水上漲，持竿人走回灘岸，同伴趨前交談，抓起紙筆急速書寫。

福爾摩斯手握望遠鏡，注意到持竿人蓄著短髭，正在繫綁鉛錘，奇怪的是身旁沒有魚簍。

「我記得，」福爾摩斯說：「德國首相俾斯麥曾說：『日本人遊學歐洲，討論學業，講求官制，歸而行之；清國人遊學歐洲，詢某廠船炮之利，某廠價值之廉，購而用之。因此可見三十年後，日本興盛，清國衰弱。』」

「俾斯麥什麼時候這麼說？」畢麒麟問。

「快三十年了。」福爾摩斯放下望遠鏡。

遠方退潮，持竿人收拾器具，朝向餐館走來，另一人較高，有副西方面孔，轉頭的時候左眼不動。

兩人走入餐館，持竿人開口點菜，說話帶著僵硬的腔調。

西方面孔走向福爾摩斯，點頭致意。

「我叫李仙得（LeGendre），」西方面孔說：「他是上野太郎。」

雙方握手，微笑問好。

「我來自美國。」李仙得指著左眼，「這隻眼睛在南北內戰中受傷……」

「你這樣，」福爾摩斯笑著問：「看得到浮標嗎？」

「哈，哈！被你注意到了。」李仙得轉頭瞥看上野太郎，兩人相視而笑。

海灘上的年輕人握拳揮舞，與友伴一路高談闊論，快步走回餐館，攤開筆墨振臂疾書，「太平洋！太平洋！大風泱泱，大潮滂滂，嗚呼！國家多難，歲月如流，眇眇之身，力小任重。」

年輕人拋下墨筆，目光含淚越過喧嘩的酒客，朦朧望向婆娑的海洋。

【一八九〇年・八月十五・哆囉滿】猴硐河谷

華生走出木屋，一輪明月正從東邊山頭升起，萬籟俱寂，病友都已安睡。微風輕搖樹梢，月色越過石階，輕快流入灘岸。河水載著月光緩緩流動，整個河谷銀波盪漾。

「啊，今夜月色如此明亮。讓我們回到那小白鷺戲水的水潭，看那潔白的翅膀，輕拂蘆葦花芒……」

顫音隨風飄落山谷。

「那小白鷺戲水的地方……啊！」華生驚呼：「就是『苧子潭』。」

●

山風越過溪谷，翻動對岸山嶺的營火，映出兩張赤紅的臉龐。

「這是外海進入基隆河谷的捷徑，一日可達台北城。」上野太郎揚起短髭，舉杯飲盡。

另一人縱聲大笑，臉頰肌肉擠成一團，木製眼珠跳出左眼眶。

「李仙得，你這一招，真是嚇人。」上野太郎狂笑。

李仙得撿起木眼，塞回眼眶，注視攤平的地圖，說：「從三貂灣登陸，先遣士兵假裝商民，在這個山頭燃放天燈，作為進攻的信號。」

上野太郎仍然狂笑不止。

李仙得起身走向高崗，環視朦朧的山脈，隨手取回樹枝，投入火堆。

亮紅的炭火迎風飛出火花。

「不要再笑了。」李仙得說：「我們約定一個地方放天燈。就在那個山頭，有一座寫著漢字的大石塊。」

上野太郎點取火把，走向山崗，照亮直豎的巨大石塊，逐字念出。

嚴禁砍伐三貂嶺路樹碑記

奉憲示禁，三貂大嶺，係淡蘭來往必經之途，無知之徒只顧利己，砍伐兩旁樹木，遂使行者無陰涼之遮，據此示禁，不准再砍，毋違，爰立石碑，以垂永遠。

咸豐元年五月　立碑

「年代久遠，啊，古人的道德宣示，值得緬懷。」上野太郎聲調轉趨低沉，轉頭看著遠方。

山路上搖曳一排火炬，紅光晃動照亮著一綹黑鬚。

一行人在狹窄的木橋前停下。

馬偕喘息擦汗，遙望對面山坡上的燈影。

「那是今晚住宿的地方。」

月光穿過樹頂，灑落前方的陡峭岩壁，壁面的石刻字體閃著金屬光澤。

「穿雲十里連稠隴，夾道千章蔭古槐……」

山下晃來一柱火把，兩隊人影在金字石壁前停住，招呼著讓對方先過。

站在下方的年輕人，抬頭看著壁上鑲著月光的字體，以嶺南口音念出：「……

海上鯨鯢今息浪，勤修武備拔良材。」

馬偕的隊伍輕唱讚美詩歌，經過金字岩壁，走下山路，來到河邊。

華生搖動火把，站在對岸迎接。

詩唱歌聲隨著竹架吊橋搖晃，順著水流繞過岸邊的腦寮木屋。

●

木屋內煤油燈光閃爍，畢麒麟手握書本。

「眼睛徹夜睜開，」畢麒麟輕念：「但是視覺卻完全關閉……」

「除非勃納森林（Birnam Forest）向鄧辛南（Dunsinane）移動……出現一座活動的樹林。」

畢麒麟闔上書本，取出信紙，藉著油燈微光，蘸墨書寫。

「連月無雨，上游的巨樟無法運出，擬採專家建議，明日炸開上游瀑布，藉由潰堤的潭水沖下樟木，再現一座活動的樹林。」

寫完最後一行，畢麒麟簽上名字與日期，取出籠中的信鴿。

信鴿順著東北風勢，沿河飛行，中途停在一座帳篷的架頂。

●

福爾摩斯蹲在帳篷外面，手搖淘金木盒，挑出細砂裡的閃亮礦石。

整個河谷火光閃爍，人影幢幢，有的趴臥河床，有的深涉水中，撿取發亮的魚鱗、反光的蛤蜊、雪白的羽毛、銀灰的芒花，或者追逐河面的月雲倒影。另一群人圍著河岸篝火，說起下游鐵橋發現砂金，大夥就這麼一路尋來。

「金塊越來越大顆。」瓜皮帽男子說。

「快找到源頭了。」戴斗笠的男子說。

信鴿展翅側飛，足爪一縮，腳環抖動，信紙墜入河中，泛出一片水墨。

【一八九〇年・八月十五・哆囉滿】十分瀑布

瓜皮帽男子拉扯網架，抓起落網的鴿子，走回岸灘的火堆。

鴿子一路咕咕嗚嗚，驚醒躺臥在河岸的淘金人。

船夫抬頭一看，月光下羽毛拂落，閃著銀輝。

火堆旁的男子搧動斗笠，炭火猛烈，鐵鍋冒出白煙。

船夫指著鴿腳上的鐵環。

「這是信鴿。信呢？」

福爾摩斯趴在河邊洗砂，水光瞬間晶亮，伸手掏挖，溪石鬆動，石縫掉出一圈捲紙。

攤平紙張，水墨一片模糊。
福爾摩斯走向篝火，烘乾信紙，頂著火光，辨認薄紙上的印痕。
光影明滅，隱隱透出熟悉的字跡。
福爾摩斯抬頭望向上游。
柔和的月光下，河水潺潺流動。
「洪水快來了！」福爾摩斯大叫。
船夫、瓜皮帽男子、斗笠男子同時轉頭。
「中秋滿月高掛，明天會出大太陽。」船夫說。
「有人要在上游放水。」福爾摩斯說：「快上岸！」
福爾摩斯躍過岩岸，溯溪一路上爬，在河道轉彎處回頭一看，點點火把正搖晃轉入大粗坑溪谷。
天色逐漸轉亮。

遠處潭邊一排草寮，寮內爐灶冒出縷縷輕煙。

福爾摩斯繞過水潭，走向草寮。

腰繫毛巾的工人問明來意，說，畢麒麟與另一位西洋人已經離開。

福爾摩斯爬上山徑，走過一座狹長的石板橋。橋邊山壁鑿出陡直的斜坡直達河床，岸邊散置截枝的樹幹。越往上游，樹木越密集，樹身也越粗大。

一條細長的鐵索橫跨前方溪谷，一座流籠正從對岸緩緩搖來。

流籠裡的人遠遠地揮手，福爾摩斯上前協助降落。

「畢麒麟，幸好在這裡遇到你。」福爾摩斯說。

「怎麼？」

「我以為你要炸開瀑布。」福爾摩斯說。

「是啊，」畢麒麟說：「莫里亞蒂已經取走火藥！」

「莫里亞蒂？」

「莫里亞蒂教授，」畢麒麟說：「上個月就來了，他在尋找一個消失的部落。」
「巴黎的莫教授？」
「是的。」畢麒麟說：「他專門研究頭顱，他說瀑布上方藏著金箔裝飾的骷髏。我們約定鳴槍三聲，作為開炸的信號……」
「他不會等槍聲。」福爾摩斯說：「他一向自訂法則。」
福爾摩斯飛步爬過陡坡，遠方傳來低沉滾動的水聲。
轉過峭壁小徑，眼前出現一座寬闊的瀑布。
河谷水花四濺，霧氣瀰漫，水瀑下方晃過一個人影。
「莫里亞蒂！」
人影緩緩攀爬，跨上嶙峋凸起的岩塊。
落瀑奔騰，人影融入水霧。
「停下！」福爾摩斯大叫，快步跳過陡斜的山徑，衝向瀑布上端。

瀑頂的河面遼闊，水勢湍急。

福爾摩斯走向懸瀑。

莫里亞蒂爬上斷崖。

兩人在飛瀑與落崖的交界處相逢。

「莫里亞蒂教授！」

「福爾摩斯！」

「久仰了！」福爾摩斯說。

「也久等了。」莫里亞蒂說。

崖邊水花飛濺，谷底轟聲奔騰。

「快爆炸了！」莫里亞蒂說：「我已經設定時間。」

兩人逼近直視。

福爾摩斯輕移腳步。

莫里亞蒂後退，鞋跟觸及崖邊。
崖石微晃，水花飛濺。
山徑傳來急促的喘息聲。
莫里亞蒂斜瞄下方，側身一閃，俯衝向前。
福爾摩斯拉扯背包，回身撲空。
兩個人影交疊，翻滾碰撞，混著水花，雙雙墜入落瀑。
背包飛出，撞擊岩壁，發出巨響。
碎石暴衝，斷崖崩落，大水破壁而出，奔騰有如野馬脫韁。
山洪翻湧沖入河道，河床上的截枝樹幹急遽站立，活潑跳上水花，昂首狂舞，喧嘩湧向水潭。
後方洪流沖出一艘巨型木舟，一路鼓動浮躁的漂木，合力推擠，衝撞攔路的藤索，藤索斷裂，陷在水潭的樹幹再度奮起，歡騰奔流。

眾淘金人坐在大粗坑溪谷，聽到遠方傳來轟隆雷響的水聲，急忙起立。

霎時河谷震動，前導的大水浮載著森林復活的樹幹，沖過大粗坑溪口。

「大洪水的預言，是真的。」斗笠男子高聲尖叫。

「哈里路亞。」船夫望向天空。

水勢漸緩，眾人走下溪谷。

樹幹殘木散落河岸，河床中央的巨石上停著一艘大型木舟。

福爾摩斯全身濕透，從巨石上方滑下。

「這艘木舟的前身，就是劍潭傳說的那棵茄苳大樹。荷蘭人的寶劍仍然插在木舟的船頭，劍把上刻著一六四四。這艘獨木舟一直藏在上游的水潭。」福爾摩斯說。

【一八九〇年・閏九月・武丹坑】三貂嶺上的薩摩人

今日晨起，謹遵家鄉的作息，手捧太平洋的海水漱口，恭候旭日東升。

早餐後，從雙溪口出發，沿途河水清澈，一如故鄉鹿兒島的小溪。

中午登臨三貂山嶺，向西遠望，基隆港附近的澳灣歷歷可見。再遙望向東，三貂谷地實為沖繩海溝之延伸，船隊可從長崎出發，順著海風，經過琉球、宮古、漁翁諸島，島弧連成一線，沿途可避烈風，補充水糧。

此行探知台灣近日倡議開礦，然而清國人言之於無事之時，則其言鏗鏘有力；言之於有事之時，則其言苦於無及。今觀三貂大道守備零落，據點分散。「勤修武備拔良材」之軍防大計雖鐫刻於岩壁，但是望高寮早已毀於風害；武將登高賦詩，純屬風雅之作。只需發動伏兵，攻克隘口，暗洽台民，施以利誘，即可充當開路前導。另以燃放天燈為號，裡應外合，更勝於勞動舟師進攻淡水與基隆。

今晚以鹿皮為蓆，夜宿岩地。睡前仰望夜空，獵戶星群已經升起，天狼星在凜冽的夜風中躍躍欲飛，啊，滿天的星星都已到齊。

然而，南方尚缺一角，就等明日重返牡丹十八社，在我皇御統的星空，恭敬奉上南十字星座。

《日本海軍省譯官手札》明治二十三年　秋夜

【一八九〇年・閏九月・武丹坑】貂山吟社竹枝詞

入夜後，廟前架起火把，鑼聲一響，說書人攤開摺扇，先說明故事只道人情世態，卻無法點明年代。

百年之後人物凋零，地名也隨朝代更改。

這個城鎮一直缺乏鄉土博物館，地方掌故只能以說書的形態存在。

這種以言語建構的館藏，千年口耳相傳，從史前的岩洞到今夜的廟口；散場後，化為雲煙。

萬事虛幻，但皆冥冥註定。

說書人說。

歷史無法重來，但可換人詮釋。
因此，何妨聽聽兩甲子前的鄉野趣談。
或者，借用竹枝詞的寫實寄情，當作占卜未來的籤詩；
再將未來進行的，當作過去曾經存在。

古徑無人猿嘯樹，層巔有路海觀瀾，敢辭勞瘁希恬養，忍使番黎白眼看。
蕉符肆志妖氛重，黎庶驚心眼界舒，漫道經行曾萬里，危嶺措足步徐徐。
雞籠山畔陳雲陰，辛苦披沙一水深，寶藏尚存三易主，人間真有不祥金。
豪氣堂堂橫大空，日東誰使帝威隆，高樓傾盡三杯酒，天下英雄在眼中。

說書人說，前兩首詩，須以舌尖押韻吟唱，細細咀嚼語意。
除非心存善念，亞伯與該隱無法以母語溝通。

人生若是路過的舞台，歷史只是劇團的戲碼，各色的旗幟一直藏在後台木箱，不看仔細，那曉得出場揮動的似龍似虎，翻轉竟然舞出一團紅日。

在座若能破解第三首，包準三代妻妾不愁吃穿。但需開鑿坑道，翻動祖眠的龍脈；挖取硫磺，炸開同源的地層；鋪展枕木，壓迫昔日的樹根；架設木樁，換取炭化的前身；如此借道官煤，暗通隔山藏金，方能飽食終日，俳句佐以京唱。

第四首立等可解，只是不可使用斷句，因為思緒停頓語意無法延伸，就無法參透玄機。聯想這名日本番潛入這般荒地，描繪山澗小徑盤算汛塘兵勇，必定胸懷大志，這款說法儘管句句靈驗，卻與希望恰恰相反。

話說凡夫俗子總愛杞人憂天，在這般清風送爽的秋夜，何不拋開遠慮近憂，傾聽松風天籟，吟詩誦歌。聽那腦寮木屋裡的西洋番志得意滿，舉杯高唱日不落帝國的維多利亞女王詠嘆調 God Save the Queen，譯成官話，就是〈天佑慈禧〉：

God save the Queen! Send her victorious, Happy and glorious, Long to reign over us!

再以本地的〈竹枝詞〉這般接唱：「天佑慈禧，萬壽無疆！常勝利，王運長！」

但是，風吹月影，狗怯不鳴，注意聽，還有一種低沉的音調從倭人的帳篷傳出：「我皇御統傳千代，一直傳到八千代，直到卵石變岩石，直到岩石長青苔……」

所以說，歷史只是序幕；當年從巴別塔離散的族人，早已約定本世紀末在這座島嶼相逢。

第三章

廢河遺誌

給子孫一個青山碧水的人文聚落
以矩陣鋼骨與帝王椰林深植土地
以護城河道與磐石基座守護家園
在三百公頃的大街廓副都心
構築五千坪的四季生態水花園

【辛巳年．荔月】

我深感文字的魅力，原本只在心中生硬咀嚼的思緒，一旦書寫在三層樓高的巨型看板，竟能在一周內吸引數百個家庭，扶老攜幼前來共享這個造夢的工程。一波波的人潮手執銅板燙金的導覽型錄，穿梭在三合板搭蓋的精品木屋，參觀電腦合成的水岸城市，以及黏附在薄壁上的陶瓷衛浴。六公尺高的落地玻璃，引進戶外噴泉流瀑的水花日影，無聲地撲濺在場內潔亮的櫸木地板上。人群放慢腳步跨過，目光順勢集聚在展示場中央的完工模型，七棟等距排開的壓克力樓廈，壯闊地矗立在縮小的山川之間，溫馨亮麗的光柱投射在塑質護城河道，映出逼真的粼粼波影。

這一切是那麼真實，那麼美好，直到鄰近的先期工地挖出一具骨骸。

那是農曆六月的一個燠熱午後。走出恆溫空調的樣品屋，灼燙的陽光轟然傾瀉過來，厚重卻撼搖不出一絲風。在這空曠的重劃區，躁鬱空氣的唯一流動是向上浮升，之後向下沉落，一種飽含水氣、黏稠得必須沉澱的厚重。我緩緩步向工地，卻連吸一口氣都覺得困難。

穿越過低矮的土堆，四周些微轉暗，我抬頭尋找天光，驚覺迫近眼前的那座山巒原來是團烏雲，正以排山倒海之姿，靜默湧來，霎時一道雷光，引爆天地共鳴的撼動，縮頸仰望，一粒水珠正巧擊中鏡片，四周瀰漫一種焦土清蒸雨霖的甘味，隨即響起漸強趨急的雨落奏鳴。

我快步跑到現場，浸水的地壤已成泥濘。工地主任匆匆遞上雨衣，指向挖土機旁的一團藍白帆布。

「那邊。」

提拉著濕透的褲管，躡腳走近。

灰黑的爛泥之間夾雜錯亂交疊的枯黃骨骸。一陣雨水洩入，沖去汙沙，傾斜的顱骨突然露出深邃的眼眶，接著閃出一道銀光；還沒聽到雷聲，我已全身打了一個寒顫。

「洗淨放入木箱，包個紅包給工人。」

「收工，不要被雷電打到了。」

●

雨後的空氣清晰得透明，西斜的陽光以三十度的偏角，灌注進這個群山環繞的盆地。吃完豬腳麵線，我站上工地寮舍的二樓窗台，視野越過河堤，延伸到對岸以夕陽光影雕塑的高聳大樓。豐沛的雨水蜿蜒繞過遠近山脈，此時正匯聚通過這段河道。急漲奔湧的河水筆直得像是一束橫躺的瀑布，柔順地撫拭著水泥的坡岸。雨後的堤外杳無人跡，只有一位手持長竿的白髮老人，沿著河岸走走停停，探身勾取水邊的瓶罐。

遠處山巒浸滿金黃陽光，逐漸發酵出葡萄色調的淡紫薄霧，輕緩滑落山坳。對岸的燈火漸次點亮，倒映入波動的河水，展延成一串璀璨的星鑽。

我舉香敬拜這片寬闊的天地，工地主任取過案頭的紙錢，蹲下點燃。暗黃的薄紙黏觸到火光，立即翻捲成焦黑的灰燼，沿著火焰外緣輕盈攀升。在烈光竄飛與浮景舞扭之間，彷彿有個人影晃過。

我側身端詳，是那個白髮老人。

「你過去看看。」

工地主任趨前探問，拿回一張名片：

「怎麼？」

「他說農曆七月還沒到，也不是初二十六，遠遠看到亮光，像是在燒冥紙，就過來了。」

「他知道？」

「可能已經猜出來了，他說是做善事，頂多隨意添個香油錢。」

「你去支開他，今晚我會與曹總碰面。」

●

曹總不置可否，俯身沉入浴池，四周湧起翻騰的白沫。

「你有能力處理。」

成排水柱從五米高的龍頭噴口翻滾沖下。

「不用張揚。別人怎麼做，你就怎麼做。」曹總轉身，肩頭閃過水瀑。

「我們這一行，就是看水往那個方向流。」他瞇著眼，笑說：「看看這期的銷售量，嘿，你快要當副總了。怎麼做，你知道。」

灌頂的水花從蓮蓬頭噴湧而出，奮力劈擊頭顱。我擰乾浴巾，擦掉刺痛眼瞼的泡沫。

置物架上的手機響起，開機立即傳來急促的聲調：「鷹架傾倒！有人受傷了。」

我趕到醫院急診室，遠遠聽到工地主任的聲音……這場雨下得太猛，太突然，地基跟著鬆垮……

診間看片架上掛著一張X光片，像是頭殼模樣的黑白片子，光源一開，空洞的眼眶外圍，驟然射出炯炬的亮光。

「還好沒有刺傷眼球，只是骨膜破裂。」工地主任摀著眼罩說：「在地的神鬼看管在地的風水。那個木箱，就在當地處理，好嗎？」

「九十，四十。」護理師卸下血壓計，調快點滴的流速，看我一眼，說：「先生，幫忙領取備用血漿，」同時遞來一張紅單，指著檢驗欄，「找血庫的蒲組長。」

護理師離開之後，工地主任才說：「木箱放在辦公桌下。」

【辛巳年．巧月】

我再度回到工地，面對寬闊的山川焚香禱告。天空飄起細雨，在晃轉的風裡狂飛騰舞。暴走的疾風猛然吹奏，飄浮的水霧又被勁風壓入遠方陡立的山谷。西斜的日照溶入這片水氣，折映出斷裂的彩虹。

這塊大地一再以壯闊的景觀與豐富的內藏震撼著我。

工地又挖出骨骸，距離上次不到三十公尺。

我屈膝跪地，將香炷插入土壤，隨手抓起一把泥砂，壓住攤平的建築藍圖，凝視深掘的地層。就在當年接待中心的底下，挖出破裂的陶甕、葫蘆、木頭圓盤、碗狀的螺殼，鼠齧蟲蛀的木桶、藤籠與竹椅……多樣的擺設有如地底的樣品屋，其中一個陶壺沉積砂土，內有一枚硬幣，隱約露出維多利亞女王的頭像，反面標示「1863」。外圍護城河的底部還挖出一塊中央刨空的巨大樹幹，大約五公尺長，與灰黃斑駁的竹管並疊在土堆旁。

「全壓在竹筒下面。」工地主任指著起重機旁的木箱。

我揉搓陶壺裡的泥屑，說：「土質與外面相同，那是一場大水吧。」

「還是找老蒲？」工地主任問。

「嗯，」我說：「這邊讓你先收拾。」

●

空曠街廓零星張掛著巨幅的廣告看板。勁風搧拍塑質布幔，攪動了夕陽餘燼，將天頂的雲朵燒烤成柿黃楓紅的透熟，色彩異豔詭譎。

天光漸暗，稀落的路燈亮起。繞過等距植栽的截枝禿樹，跨越馬路，我來到抽水站旁的萬善祠。

廟簷下的燈籠隨風晃轉，「慶讚中元」、「風調雨順」的紅底黑字在夜色中載浮載沉。廟前空地四周搭起竹棚，內疊祭壇，供桌上排滿麵龜、罐頭、牲禮鮮果，桌旁散置一堆素白紙糊的竹架水燈。

老蒲正在整理桌上的祭品。

「嘿！」老蒲偏過頭，說：「是什麼風颱風把你吹來？」

「正是風颱風，」我比個手勢，「又一仙。」

老蒲緩緩轉身，手掌握入鳳梨棘刺。

「跟上次一樣。」我壓低聲音。

竹棚邊角的燈籠在驟起的狂風裡猛烈搖晃。

「天一亮就過去，」老蒲說：「今晚放完水燈也將近半夜了。」

燈籠加速晃動。一陣劈啪連響，急雨敲擊棚頂與廟瓦，對位踢踏形成緊湊的重低音浪。

廟祠走出一個中年男子，手提竹簍，走近祭桌，撿取起素白水燈。在擦肩閃過的瞬間，相互對望一眼。

老蒲說：「那是我兒子，你們見過面吧——在醫院的血庫。」

「蒲組長？」

「嗯，」他看著四周猛然淅瀝的雨勢，說：「你在這裡賣土地，要不要聽一些在地的故事？」

「一到中元，」老蒲深吸一口氣：「過去的都活起來了……」

廟前的地下水道傳來低沉的呼咚回音，像是水氣衝擠密室門閥，爆開活塞。

「七十年前的一個颱風過後，有人在下游葫蘆渚的蘆葦叢邊，撿到一個囡仔，就躺在大木盤裡，手掌還抓著生青的葉子。

「他們叫我蒲三，其實那一年我還不到三歲，對做大水完全沒印象。直到二十多年前……」

「那時做粗工，就在附近下埤頭一帶，挖掘高速道路的地基，」老蒲說：「有一天挖到一個灰灰土土的圓形木盤，只是覺得眼熟，沒想到清洗乾淨之後，跟家裡的木頭盤子一比，兩個年輪的排列，疏疏密密，居然完全一樣，連那個樹瘤也在相連位置。

「從那時起，只要經過這個所在，我就時常感覺到，地底下有人伸出手來，拉住我的腳。」

一滴雨水沿著背脊冰冷滑下。

「二十幾年嘍，我在這一帶搜集了上百具人骨，全部排列在這間萬善祠，」老蒲說：「再交給兒子，用血庫的機器做鑑定。」

老蒲的眼神一轉，說：「你是用什麼方法？」

我回頭一看，小蒲正站在背後。

「取頭顱的鼻甲骨，做聚合酶鏈反應。」小蒲說。

「再與我們父子的血液比對；金斗甕裡面住的都是我們的族人，血緣濃淡只有些微差異。」

「一直到上次，在你們工地發現的那仙，恰巧是最最親的。加上這一仙，我想我們的家族拼圖快要完成了。」

下水道嘩啦奔滾，像是一窩逃脫的土龍在地底生猛鑽動。

「我是越做越有趣味。」老蒲說。

一陣狂風夾雨吹掃而過，陰寒鑽入骨髓。

氣流切開逐漸聚攏的夜色，暴風雨有如千軍萬馬奔騰而下，猛烈撞擊廟瓦、棚頂、水漥，融成一部壯闊的混聲大合唱。

「一百年前這裡非常熱鬧，就像中元晚上的萬善祠。」老蒲說：「你們在這裡推銷好山好水，有沒有覺得很奇怪，為什麼這裡會有一間大眾神明廟，廟門又背對著大馬路？」

屋簷落下整排的雨瀑，廟埕延展成一片陰暗的水域。

「其實，廟口本來正對著河水，四十年前先是蓋堤防，最近又填平河道，再把堤防拆掉。現在的人已經看不出身邊的車站站牌，就是以前坐船的地方。

「也不知道這裡以前叫作『塔塔攸』，意思就是項鍊。

「我們這一輩，腦裡還有點印象，以前站在北邊的那座金面山，遠遠看下來，河流是彎曲的ㄩ字型，」老蒲伸手在胸前畫個半弧形，說：「就像是大地佩掛的項鍊；太陽出來，河面灑滿亮晶晶的翠玉；但是河道填土拉直之後，項鍊已經不見了……」

竹棚在暴雨狂風中劇烈搖動，呼嘯一聲，棚頂的積水翻騰融入滂沱的雨陣。

我繞到廟後的洗手間，撥開手機聯絡工地主任。

「門窗關緊，」我說：「藏好木箱，帶傘來。」

「你說的東西，放在老地方，」工地主任說：「另外，護城河底鑽出一大窩活蹦亂跳的土虱。竹筒裡還發現一些枯紙。」

●

從廟口跳入車身，短短五秒，我已全身濕透。

「颱風喊來就來。」工地主任說：「比氣象預報還準。」

窗前的雨刷飛速擺動，遠光燈完全穿不透前方的雨霧。

車內忽然爆出啪啦的水聲。

「土虱放在後座底下，你要記得拿，」工地主任取出一疊皺紙，說：「這個，在竹筒裡找到的。」

我打開車內頂燈，抹乾眼鏡，在暈黃的亮光下，攤開邊角殘破的粗糙紙卷。

同立合約　塔塔攸社　業主潘愛薯　圳主曹丸億

緣愛薯界內之地，歷年播種歉收，商請丸億開築大圳，分灌田埔，愛薯願將

南勢之一半埔地，付與圳主，永為己業，西至車路，東北至旱溝，南至竹林為界，

以抵鑿圳銀資。此係愛薯甘願割地換水，丸億願出本銀開水換地，兩相甘願，日

後不敢言找言贖。兩無迫勒交成，恐口無憑，同立合約兩紙各執一紙存照。

批明：其界內草地，以及界外牧埔，倘未墾闢成田，盡歸丸億掌管。

同立合約　　依口代筆人　曹丸千（簽名蓋印）

圳主　曹丸億（簽名蓋印）

業主　潘愛薯（左手手摹）

乙酉年　梅月

另有數張標名「台灣布政使司，光緒拾伍年」的土地丈單。

我翻閱枯紙，看著窗外的滂沱大雨，心中反覆咀嚼「割地換水」與「開水換地」的字樣，再次感受到文字的魅力。

「繞個路，」我捲起古地契，說：「先到曹總那裡。」

●

曹總下半身圍遮一條浴巾，坐在水濛濛的烤箱裡，深沉吸吮著藥草蒸氣。

「我正好也有事找你。」曹總的笑聲穿過白霧。

「事情談成了。墨公剛離開，只要他吩咐一聲，水就會結凍，理事會再補個橡皮章。」

「這塊寶地一直有貴人相助。」曹總的笑意從鼻孔噴出：「不過貴人需要供養。」

「最後，老墨提到他的兒子最近要買房子，我說我們房屋蓋得不錯，結果，你猜猜，他怎麼說。」

「他說，『這怎麼好意思』。」

曹總嘴角冒沫，我卻聽得一頭霧水。

「先付頭期款，產權就過戶給他，其餘貸款不需要抵押！」曹總說：「目前只缺轉帳的人頭。」

水蒸氣從風口噴出，遮住臉龐，曹總只剩半身軀幹。

●

「人頭。今天又挖到一仙。」我說：「還有一張蓋好手印的契約書。」

我從公事包取出古地契，交給曹總，提起今晚去過萬善祠。

捧著溫熱的茶杯，吹走騰升的水氣，我說：「老蒲不是普通的廟公。」

曹總看著古地契，用力揉碎額頭的汗水，說：「曹丸億，我的曾祖父就叫曹丸億。」

「你聽過『人骨拼圖』嗎？」曹總指著古地契的掌印說：「明天早上我去試試，工地挖到的那副手掌骨，是不是恰好可以疊放在這個掌印上面。然後，你想辦法把骨頭處理掉，就是不要被老蒲拿去做基因鑑定。」

●

除非基因鑑定，誰也不可能知道自己的出生。或者，利益輸送的管道一旦曝光，墨氏父子的血緣關係，同樣能夠得到公眾的認定。

這麼複雜的命題推理，困擾我一整個晚上。直到第二天清晨外出，傾盆灌頂的雨水拍打傘蓋，產生圓頂共振的加持聲波，終於頓悟文字的最大魅力，在於地目變更。

重劃區零落散布著仿歐古典風格的樣品屋，天空與地表一片水濛，有如威尼斯水岸、萊因河城堡廣告的真實布景。

我來到工地，取出曹總交辦的文件，過濾建照審查核發、行庫貸款的職章，再從公司員工眷屬的健保資料，選取一串憨厚可靠的人脈。

昨夜的暴雨滲過窗縫，將塑質的山巒造型清洗得青翠光亮，壓克力打造的大樓底層積水不退，外圍的護城河溝滿溢真實的水波，就像刻意訂做的水工模型。

門外傳來一陣急煞的車聲，我靠近窗口，手機同時響起。

「車子正要過橋，」工地主任的聲音：「但是水位高漲，快到警戒線，車陣堵在這裡，前面開始回轉了——你看到木箱嗎？」

我轉頭尋找，瞥見曹總推門進來。

「看到了，我來處理。」說完，我關上手機。

「司機去加油，三十分鐘後回來。」

「來，」曹總雙手一拍，說：「發揮一下想像力，越複雜就會越有趣。」

「不需十分鐘，我就會完成骨頭拼盤。」

曹總兩掌對搓，揉握十指，取出枯黃的紙卷，攤在桌上，打開木箱，翻動箱底散亂的指節骨塊，先挑除太短與過粗的趾骨，再將剩餘的骨塊由小而大排列，正好是一副十四對長短不一的指骨，取較粗的兩節連成大拇指，較短的三節組成小指，依次放置到古地契的掌印上面。最粗的拇指最先完成，接著是較長的中指，再過來是較短的小指、食指、無名指，節節相扣，密合得像是併攏合十的雙掌。

「賓果。」曹總大叫。

一股寒意從腳底盤升，我猛然低頭，驚喊：「淹水了！」

「司機呢？」

我走近窗口，翻出手機，按鍵。

曹總慌忙拉動座椅，顫巍巍攀爬。

我揮手掃過桌面，地契與骨骸落入木箱。

「我們被水困住了。」我緊握手機。

「我正要過去，」司機說：「但是對面的車子一直逆向行駛，還不停按喇叭。」

曹總站在桌上，說：「快找緊急救難。」

砰啪一聲巨響，窗外突然閃裂雪亮的銀光，室內燈光全滅。

扯開門縫，水勢趁隙灌入，瞬間上漲，我拉扶曹總衝上二樓。

「嘟……嘟……」

「還是不通。」

二樓窗外一片汪洋，護城河道的方位不斷爆湧出花椰菜狀的巨大水花。

「嘟……嘟……」

「剛回到家，」工地主任聲音急迫，「新聞快報說市區積水不退……」

「淹大水了。曹總也在這裡，」我說：「這支手機不要掛斷，看看有沒有新聞台在這附近。」

「轉台！」（工地主任大吼）

「……颱風行進速度加快，每小時三十公里轉為三十六公里，台灣地區下午就可脫離暴風圈，但是外環氣流旺盛……」（低沉女聲）

「……宜蘭花蓮、台中以北，宣布停止上班上課……」（男中音）

「狂暴的氣流，帶來無際的疾風暴雨，烏雲籠罩陸地，昏暗從天降臨……」（女高音）

「一陣疾馳的烈風吹斷纜繩，桅杆後傾……」

「……救生艇參加上周的防汛演習，水門關閉，十多艘救生船隻全被關在堤防外面……」

「她深深地鍾愛神聖的河流『埃尼珀斯』，那是大地上最最美麗的一條河川……」

「風雨交加，水位逐漸淹過車門，附近店家的門窗半截泡在水中……」

「這台！」我說：「記者在那裡？」

「奧德修斯，你或是愚蠢，或是外鄉人，連這片土地也要仔細詢問……」（女高音吟唱）

「轉回剛剛那台。」（工地主任嘶吼）

「……」

「……目前所在的位置是北勢湖，由記者乘坐橡皮艇為您現場連線報導……」

（風雨聲）

「快打電話給這一台，說，這裡有個老人，心臟病發作，需要人道救援。」

曹總一聽，跌坐床沿，床面立即傾斜。

「地基下陷了。」我握住手機驚呼。

黃濁水流從樓梯口沖湧過來，波擁浪擠之間浮現一個木箱。

曹總伏趴窗邊，悲喊：

「我們出不去了！」

我搬甩床板，撞擊窗戶。

啪啦轟隆巨響，氣流翻捲，水瀑破窗而入，內牆曝於曠野。

「水漲上來了！」

我感覺腳底抽離地板，問曹總：「你會游泳嗎？」

曹總搖頭。

我抱起床板，拋擲窗外，跨步一躍，水已及肩。

「抓住窗台！慢慢滑下。」

曹總驚懼，緊握窗框。

颶風挾雨，四面環至，以風削、水刀狠鑿他的臉龐。

風雨持續搖打，曹總緊繃的面容逐漸崩垮，囁嚅吐出一串單音：「床、床、船、船……」

繼而全身抽動，只剩眼神凝固，空茫直望水天。

我回頭張望。

黃濁水浪之間逼近一根巨木，上頭彷彿有個人影。

「快！」

老蒲的聲音壓過咆哮的風雨。

他的雙手緊抓一根竹管，撐動木舟，穿破濁水。

烈雨御風狂瀉。

木舟在雨灑浪滾之間靠近窗邊，曹總手腳錯置滾入船身。

「你們的護城河挖到舊河道的伏流，」老蒲的聲音混著風雨：「還挖出這艘木舟！」

曹總側臥，身軀蜷曲，劇烈戰慄。

「你的藥呢？」我問。

「糖，我需要一顆方糖。」

我翻出口袋，手機全濕，螢幕一片空白。

曹總的手機顯示三十多通來電，但是接不通，也打不出去。他疲憊斜癱，任憑雨水拍打。

狂飆飛竄的風雨中，隱隱浮現一座半完工的大樓，玻璃帷幕高聳，鏡映著灰灰濛濛的雨景，底層的花崗石基座大半浸泡在黃濁的水流。

船身繞過大樓側牆的長窗，室內展現寬闊的中庭，拱廊迴梯直達地下樓層的採光泳池。

我貼近薄敷水幕的光亮玻鏡，驚覺雨痕曲流之下，隱藏數條橫向裂縫。

「水壓上升，玻璃快要裂開了！」

「我們會被沖入地下室！」

狂風疾捲，乒乒乓乓連續巨響，玻璃爆裂，水位陡然滑落，船身左右翻轉，潑辣的雨勢又迅速將水位補平。

「水還在漲，」老蒲說：「竹竿搆不到底了。」

豪雨反覆傾瀉，洪水從天而降。

船身幾番打轉，感覺仍在原位。

「這裡是什麼地方？」

四周灰濛，看不到任何建築物或是山影。

「我們已經越過河堤。」

暗濁的水流湧出數截黝黑的斷木，快速漂動。

「筆筒樹，」老蒲說：「土石流爆發了。」

灰濁的水面轉趨黃滾，水流加速，泥沙翻湧。遠處不斷漂過木塊薄板、鐵皮屋頂、車輛輪胎、盒箱瓶罐以及紅白相間的大型塑膠袋。

水浪突然轉向，載浮載沉湧現一些罕見式樣的家具，木頭櫥櫃、拼條木桶、木架妝洗台、雕花木床，還有釘掛著「水返腳」鐵牌的枯朽木桿。

幾片殘破腐朽的長型木板漂過濁黃的波濤，隱約可見「錫口自轉車行」、「粉寮糕餅鋪」、「四堵時計店」的暗灰字樣。

「什麼地方淹水？」我問。

「那些都是前世的招牌，」老蒲說：「從地底沖出來的！」

暴雨仍以連續急奏的觸技顫音拍打水面。

百年店招在單音快板中遠漂，陳述一種轉世也無法改變的宿命。

木舟漂泊在天水一色的白茫之中，失去電訊，失去方位，失去時辰，也逐漸失去生死的分界。

天色漸暗，雨勢轉弱，汙濁的汪洋變得黑濛。

單一的色調之中突然冒出一叢墨綠。

「水筆仔！」老蒲說：「海水倒灌！」

「今夜中元，大滿潮來了。」

風雨晦冥，天光幽黯。木舟失去海拔高度，在洪水與潮湧之間浮蕩。

一個物影閃過船邊，我迅速俯身撈取，驚呼：「竹簍！」

老蒲伸手抓出簍筐裡面的水燈，找到一塊粉紅薄紙包裹的糕餅，剝開塞入曹總口中。

夜幕降臨，僅餘一絲天光。

老蒲摸出打火機，點燃水燈，依序投入推湧的潮水，延展成一條蜿蜒的星河。

熒熒燭火逐漸遠漂。

最遠處的光點突然轉為灼亮，在一陣規律的搖晃之後，倒溯著水燈的流徑，一路打探過來，光源在黑暗中逐漸擴大，雨勢漸歇，燈火那端傳來被風撕裂的呼聲，微弱得像是穿越過遙遠的時空——

「那邊有人嗎？」

「……有人嗎？」

「……」

【丙寅年・梅月】

丑時，星河明亮，我們睡在舢舨中，露凝濕重，蛙鳴與蟲嘶劃破寂靜的夜晚，河面時有大魚翻躍，小船上溯，遠方徹夜傳來水車轆軋的嘰嘎聲。河水清新可嘗，甚至在這漲潮的時刻。

We slept in the boat, the night being brilliantly fine, a strong dew falling towards sunrise, and the stillness being broken by the croaking of frogs, the chirping of cicadas, the occasional leaping of a large fish in the stream, the passage of boats up the river, and the distant creaking of a water-wheel which appeared to be in action all night long. A strong tide was flowing; but the water appeared perfectly fresh to the taste, even at the flood.

一八六六年五月二十五日，基隆河夜泊

柯靈烏（Collingwood）

《皇家地理學會會刊》1867; 11: 167-73

後記

河流對話

多年前卸下臨床科主任的重責，心靈的活動空間突然擴大，年輕時的夢又回來了。一個背包，裝著望遠鏡與照相機，選擇一個休假的下午，沿著基隆河順流或上溯，尋找一個定點，觀看岩層或附生植物。

天氣晴朗的時候，登高遠眺，以望遠鏡尋找我們的醫院；從大崙頭山、金面山、碧山巖、九五峰遙望台北街廓，根本分不清南港、內湖或汐止。想想醫院服務的社區，其實就是基隆河流域。生活在這個河域的人們，進入或離開台北盆地，都會繞經我們的家門。

在一覽無際的山頂，思緒常常變得天馬行空。有時想像個人的生命史是一條河流；我們醫療工作者擷取到的疾病表象，只是河流的一個斷面；如果能夠溯溪，每個病人背後應該還有一部更龐大的疾病誌，故事的源頭也許是在金瓜石的礦坑，或是八堵的運煤船。

有時想像河流有如人體的動脈，百年洪峰引爆脆弱管壁的堤防潰決，一如腦溢血造成城市的癱瘓；而我們神經科的頸動脈超音波能夠模擬一種水工試驗模型，估算出流速與水量，在河流陡直處做一個繞道手術，回復基隆河截彎取直前的面貌。這些山頂上的思緒，在下山之後依舊翻騰，因此偷閒運筆十年，終於完成《廢河遺誌》（*The Lost Log of an Abandoned* River, 1606-2006）。

九歌文庫 1161

廢河遺誌

The Lost Log of an Abandoned River

作　　者　楊慎絢
責任編輯　陳怡慈
創 辦 人　蔡文甫
發 行 人　蔡澤玉
出　　版　九歌出版社有限公司
台北市 105 八德路三段 12 巷 57 弄 40 號
電話／ 02-25776564・傳眞／ 02-25789205
郵政劃撥／ 19382439
九歌文學網　www.chiuko.com.tw
排　　版　Bear 工作室
印　　刷　晨捷印製股份有限公司
法律顧問　龍躍天律師・蕭雄淋律師・董安丹律師

初　　版　2014（民國 103）年 6 月
定　　價　250 元

書　　號　F1161
I S B N　978-957-444-946-0
（缺頁、破損或裝訂錯誤，請寄回本公司更換）

文化部 MINISTRY OF CULTURE 出版贊助

國家圖書館出版品預行編目資料

廢河遺誌 / 楊慎絢著 . -- 初版 . --
臺北市： 九歌 , 民 103.06
面； 公分 . -- (九歌文庫 ; 1161)

ISBN 978-957-444-946-0（平裝）

863.57 103008167